This
Overcharge
of
Beauty

Amy Lowell

지은이

에이미 로웰 Amy Lowell, 1874.2.9~1925.5.12

미국 매사추세츠주 브루클린에서 태어났다. 그녀는 에즈라 파운드에 이어 이미지
즘운동을 주도한 인물로 유명하다. 이 운동의 쇠퇴와 함께 거의 잊히다시피 했다가,
1970년대의 여성운동과 여성 연구에 힘입어 다시 빛을 보게 되었다. 로웰은 시집『다
색 유리의 둥근 지붕』,『칼날과 양귀비 씨앗』,『부유하는 세계의 영상들』, 이태백 같
은 중국 시인들의 시 번역서,『존 키츠』전기를 냈고, 사후에 출간된 시집『몇 시에요』
로 1926년에 퓰리처상을 받았다.

엮고 옮긴이

김천봉 金天峯, Kim chunbong

1969년에 완도에서 태어나 항일의 섬 소안도에서 초·중·고를 졸업하고, 숭실대 영어
영문과에서 학사와 석사, 고려대 대학원에서 박사학위를 받았다. 숭실대와 고려대에
서 영시를 가르쳤으며, 19~20세기의 주요 영미 시인들의 시를 우리말로 번역하여 소
개하고 있다. 최근에『윌리엄 블레이크, 마음을 말하면 세상이 나에게 온다』를 냈다.

소명영미시인선 03
에이미 로웰 시선집

이 터질 듯한 아름다움

초판인쇄 2024년 4월 21일 **초판발행** 2024년 4월 30일

지은이 에이미 로웰

엮고 옮긴이 김천봉

펴낸이 박성모 **펴낸곳** 소명출판 **출판등록** 제1998-000017호

주소 서울시 서초구 사임당로14길 15 서광빌딩 2층

전화 02-585-7840 **팩스** 02-585-7848

전자우편 somyungbooks@daum.net **홈페이지** www.somyong.co.kr

값 10,000원

ISBN 979-11-5905-893-6 03840

소명영미시인선 03

에이미 로웰 시선집

이 터질 듯한 아름다움
This Overcharge of Beauty

에이미 로웰 지음
김천봉 엮고 옮김

차례

제1부/ 이 터질 듯한 아름다움 007

무늬 009

붉은 기사 016

파란 스카프 018

오리엔테이션 020

정원에서 022

담장 뒤에 024

3월 저녁 026

4월 028

4월의 눈 029

부재 031

미련퉁이 032

바보짓 033

폭풍우가 지나간 뒤에 035

여파 037

여운 038

예감 039

글자 040

선물 041

술 042

의무 043

인내 044

순금 046

하얀 까치밥나무 열매 047

화관 049

기괴한 이야기 050

7월 한밤 051

3

052 어떤 부인

054 사로잡힌 여신

057 바구니

065 한 시인의 아내

066 음악

068 바보의 돈주머니

069 제2부/ 꽃잎

071 **봄날**

073 목욕

074 아침 식탁

075 산책

077 한낮과 오후

079 밤과 잠

083 과수원 길

084 빨간 딸기나무

085 별들을 선물하는 분께

086 어떤 차원

087 초승달

089 그림 장식의 천장

091 외톨이

092 창꼬치

094 바람과 은빛

095 밤 구름

096 빨간 슬리퍼

098 런던의 한 대로. 새벽 2시.

100 택시

101 우중충한 일출

102 지중해

103 비단에 그리는 화가

배역선정 실패 1 105

배역선정 실패 2 106

유랑하는 곰 107

꽃잎 109

가을과 죽음 111

폭격 113

디너파티 119

봉 121

격투 122

거실 123

커피 124

대화 125

열한 시 126

현대적 주제에 관한 스물네 편의 하이쿠 129

래커 판화 139

거리 141

교토 근처 142

쓸쓸함 143

햇빛 144

환영 145

또 한 해가 간다 146

연인 147

남편에게 148

어부의 아내 149

중국에서 150

연못 151

가을 152

덧없음 153

문서 154

황제의 정원 155

156　호쿠사이의 "후지산 백경" 중 일경

157　각성

158　종이 물고기

159　명상

160　마쓰에의 동백나무

163　에이미 로웰의 삶과 문학

제1부/ **이 터질 듯한 아름다움**

꼬마 해총밭에 누워서
이 터질 듯한 아름다움을 낳을래요
그래서 태어난 그것이 나를 사랑하는 당신에게
기쁨이 되었으면 좋겠어요.

무늬

Patterns

나는 정원 길을 따라 걸어간다

수선화들이 모두 활짝

피어나고, 밝은 파란색 해총들.*

나는 빳빳한 양단 장식의 가운 차림으로

무늬 진 정원 길을 따라 걸어간다.

머리에 분을 바르고 보석 박힌 부채를 드니

나 역시 희한한

한 무늬. 그렇게 나는 정원 길을 따라

배회한다.

내 옷에도 화려한 무늬가 가득,

옷자락이

자갈에, 화단 테두리의

아르메리아**에

---

* "해총"은 백합과의 다년생 식물. 지중해 지방이 원산지로, 해총의 뿌리
  는 이뇨제로 이용된다.

** "아르메리아"는 앵초목 갯질경이과의 쌍떡잎식물로 여러해살이풀. 영
  국에서는 바닷가에서 자란다고 해서 '시 핑크(sea pink)'라고 부른다. 분
  홍색, 연한 자주색, 흰색의 작은 꽃이 둥글게 모여 핀다.

연분홍 얼룩을 묻힌다.

바로 요즘 유행복으로 멋을 내고

하이힐의, 리본 달린 신발을 신고서 뒤뚱뒤뚱.

내 몸 어디에도 부드러운 것은 없고

고래-수염과 양단뿐.*

그래서 나는 참피나무 그늘에 놓인

벤치에 털썩 앉는다. 나의 열정이

빳빳한 양단에 부딪혀 싸우는 통에.

수선화와 해충들이

산들바람에

멋대로 나부낀다.

문득 눈물이 나온다

참피나무에 꽃이 피었는데

작은 꽃송이 하나가 내 가슴에 떨어졌다고.

대리석 분수에서

물방울들이 절벅절벅

정원 길로 떨어져 내린다.

똑똑 듣는 소리가 그치지 않는다.

나의 빳빳한 가운 속에 숨어 있는

---

* "고래수염"은 예전에 옷을 빳빳하게 만들 때 썼으며, "양단"은 여러 가지
  무늬를 넣어서 금색 은색의 명주실로 두껍게 짠 고급 비단을 말한다.

여인의 부드러움이 대리석 수반에서 목욕을 한다

아주 무성하게 자란 산울타리 숲속의

수반이라서, 그녀의 숨어 있는 연인이 보이지 않지만

그 사람이 근처에 있다고 상상하니

흘러내리는 물줄기가

마치 자신의 몸을 어루만지는

임의 손길 같다.

고운 양단 가운 속에 숨어 있는 여름!

그것이 무더기로 땅에 널브러져 있는 모습을 보았으면.

온통 연분홍으로 땅에 구깃구깃 쌓인 무더기로.

내가 그 길을 따라 달아났을 적에 나는 연분홍이었고

그이는 나의 웃음소리에 갈팡질팡

넘어질 듯 쫓아오곤 했지.

그의 칼자루와 구두 죔쇠에서 번쩍이던 햇살이 다시 보이면 좋으련만.

나는 그이를

그 무늬 진 길을 따라 한 미로로, 묵직한 장화를 신은

나의 연인을 잡으려고 밝게 깔깔거리던 그 미로로 이끌곤 했지.

결국 그이가 응달에서 나를 붙잡아

와락 껴안는 바람에 그의 조끼 단추들이 내 몸을 상처 내서

아리고 얼얼했지만, 두렵지는 않았지.

나뭇잎과 달맞이꽃의 그림자들

그리고 물방울들이 퐁당거리는 소리가

그 환한 오후에 우리를 온전히 감싸줬는데 —

지금은 꼭 기절할 것 같다

이 양단의 무게에 눌려서,

햇살이 그늘을 헤집고 새어들어서.

떨어진 그 꽃송이 아래

나의 가슴속에

숨겨 놓은 편지 한 통이 있다.

오늘 아침에 공작이 보낸 기병이 나에게 가져다준 편지였다.

"아가씨, 애석하게도 하트웰 경*이 지난주 목요일 전투 중에

사망하셨다는 소식을 전합니다."

그 소식을 하얀 아침 햇살 속에서 읽었는데

---

* "하트웰 경(Lord Hartwell)"은 1708년 플랑드르에서 벌어진 전투에서 전사한 영국의 귀족이다. 따라서 이 독백의 화자는 시인 자신(에이미 로웰)이 아니라, 하트웰 경의 약혼녀인 셈이다. 이 시는 1915년 플랑드르에서 또 치열한 전투가 벌어지고 있는 상황에서 지어졌다.

글자들이 마치 뱀 떼처럼 꿈틀거렸다.

"아가씨, 무슨 답장이라도," 하인이 물었다.

"아니," 내가 그에게 말했다.

"전령에게 음식이라도 먹여서 보내.

답장은 없어, 없다고."

그러고는 정원으로 걸어가서

무늬 진 길을 오르락내리락했다

나의 빳빳하고 반듯한 양단 옷차림으로.

파란 꽃 노란 꽃들이 햇살 속에서 자랑스럽게 서 있
었다

송이송이.

나 역시 곧추서 있었다

내 가운의 빳빳함에

단단한 무늬로 굳어진 듯이.

나는 오르락내리락했다

오르락내리락.

한 달 후면 내 남편이 되었을 사람인데.

한 달 후면, 여기, 이 참피나무 밑에서

우리가 저 무늬를 깨뜨렸을 텐데.

그이는 나에게, 나는 그이에게

그이는 대령으로, 나는 부인으로

이 그늘진 벤치에 앉아서.

그이는 엉뚱스럽게

햇살이 축복을 내릴 거라고 그랬지.

"말씀대로 되겠지요." 내가 그리 답했는데.

이제 그이는 죽고 없다.

여름에도 겨울에도 나는

저 무늬 진 정원 길을

나의 빳빳한 양단 가운 차림으로

오르락내리락하리라.

해총도 수선화도

기둥을 댄 장미에게, 과꽃에게, 눈꽃에게 자리를 내

주리라.

나는 계속

오르내리리라

나의 가운 차림으로.

화려하게 차려입고서

고래수염처럼 빳빳하고 단단한 옷으로.

결국 내 몸의 부드러움은 단추의, 후크의, 레이스의

포옹으로부터 안전하게 지켜지리라.

나를 풀어 줄 남자가 죽었으니

플랑드르에서 공작과 싸우다가

전쟁이라는 무늬에 갇혀서.

제기랄, 무늬가 뭐라고?

붉은 기사

The Red Knight

그를 보았다,

붉은 갑옷을 입은 채 프랑스-중부

어느 강 계곡에 있는 교회의

물고기-비늘 같은 지붕 아래

제단 앞에 서 있었다.

오르간의 성가가 거대한 본당에 울려 퍼지고

소용돌이치는 그 소리가 창틀 밑에서 여우-꼬리처럼 꼬부라져서 장난꾸러기 돌 마네킹들의 코를 간지럽혔다.

울려 퍼지는 오르간 소리가 멈추자, 그가 고개를 들고 클리어스토리* 창문들을 통해 비-온-후의 희-푸른 하늘을 응시하였다.

갑자기 흩뿌려진 엷은 햇살이 그의 갑옷을 비추어 갑옷이 모닥불처럼 확 타올랐는데, 그는 아랑곳하지 않았다.

---

* 솟을지붕 밑에 한층 높게 창을 내서 채광이 잘 되도록 만든 장치로, 중세 교회에서 유래하였다.

녹색 나무껍질에 싸인 하얀 나무 포플러,

불타는 갑옷을 입은

한 남자, 커다란 키의 듬직하고 우람한 남자.

나는 그에게 내 스카프를 내던져서 그의 투구에 묶게 하고 싶었다,

그러나 수많은 스카프가 수 세기 동안 도로 비스듬히 떨어진다,

벌써 그 빛도 너무 희미해져서 그늘진 마루에 드리워졌던 비단결 무늬도 보이지 않았다.

돌바닥을 밟는 강철 발소리가 이상한 소리를 낸다.

나는 그런 소리를 들어본 적이 없고, 아마도

— 다시는 듣지 못할 것이다.

바로 그 불합리한 이유로

나는 처녀로 남아 있겠다고 결심하였다.

파란 스카프

The Blue Scarf

드높은 천정처럼 파란 바탕에, 희미하게, 은빛이 감돌고 매끌매끌한

연속무늬에, 거뭇한 매듭 장식 테두리의, 부드러운 물건이 저기 놓여 있다

한 여자의 부드러운 양어깨와 거의 딱 붙어서, 어루만지는 내 손가락들에 따듯해져서.

그것을 썼던 여자, 그녀는 어디에 있나? 그 여인의 향기가 머뭇거리다가 나를 마비시킨다!

나른함이, 마치 불을 지핀 듯, 내 몸에 퍼지고, 나는 그 스카프로 내 얼굴을 뭉개며

그 온기와 파란빛을 들이켜고, 내 눈은 시원한 색조의 하늘에서 헤엄친다.

대리석 기둥들과 마름모꼴의, 햇살-깜박이는 포도가 나를 둘러싸고 있다.

장미-꽃잎들이 날려서 후두두 포도에 떨어진다. 돌계단 밑에서 땅-땅 울리는 류트 소리.

파란빛의 고운 옥 항아리가 그림자를 드리워서 바닥을 반이나 휘덮는다. 배불뚝이 개구리

한 마리가 햇살 속으로 뛰어가다가 수반의 금빛-보글거리는 물속으로 풍덩 뛰어들어,

거무스름하게 하얀 대리석 속으로 가라앉았다. 서풍이 바로 내 옆자리에 있던

스카프를 들어 올렸는데, 그 파란빛이 광포한 격분의 색 같다.

그녀가 그 스카프를 몸에 더 바짝 휘감자, 조금만 꿈틀해도 스카프가 잔물결처럼 일렁인다.

그녀의 키스는 불처럼 얼얼한 새싹 같고, 나는 그녀에게 맞불을 놓는

단단하고 하얀 보석, 줄기에 맺혀 타오르는 꽃이다가, 결국 나는 한 줌의 재로 부스러지고,

다시 뜬 나의 눈에 오후의 햇살에 젖어 파랗게 빛나는 스카프가 들어온다.

방이 텅 비고 혼자 있을 때면 시계들은 어찌나 시끄럽게 똑딱거리는지!

오리엔테이션

Orientation

기숙-학교의 젊은 숙녀들이 바람을 쐴 때면,

서로 짝을 지어, 저마다 홍조처럼 빨간 양산을 들고 해를 가린 채 거닌다.

내 창문에서 보면 그들이 마치 움직이는 장미 화단 같아서, 누가 누군지 구별할 수가 없다.

내가 밤에는 꿈꾸고 낮에는 가로 2인치에 세로 3인 치의 네모난

작은 상앗빛 도화지에 그림을 그리는

한 젊은 사람이 있다. 누가 그녀일까? 눈에 보이는 모든 양산 중에서 어떤 것이,

스무 개의 세밀화에서 나를 물끄러미 쳐다보며,

내 기쁨의 일편단심을 혼란스럽게 만드는, 그 명랑하고, 놀리는 듯한 얼굴을 휘덮고 있을까?

당신도 내 창문을 잘 알잖아요 — 모퉁이에서 네 번째에요.

아, 당신도 알잖아요.

양산을 이쪽으로 살짝 기울여보세요, 부탁이에요,

그리고 아기자기하게 줄지어 거리를 산책하는

얌전한 젊은 숙녀들의 행렬을 향해 내가 드리는

아주 예의 바른 절을 당신이 직접 받아 주세요.

실은, 내가 당신의 양산 밑을 본 적이 없어서,

나의 세밀화들이 서로 전혀 닮지 않아서 그래요.

당신이 단추-구멍 부케처럼 당신의 모습을 뽑아서,

언제든 나의 얼굴 앞에서 양산을 쳐들고,

해를 보며 — 아니면 나를 보며 — 웃는 당신의

모습을 꼭 보여주세요. 그러면 내가 스무 개의

세밀화에서 당신을 가장 닮은 하나를 선택하고

나머지는, 나랑 더 이상 관계없을 테니, 다 없애버릴

게요.

정원에서

In a Garden

돌사람들의 입에서 터져 나와

허공을 지나서, 붓꽃들이

지나가는 바람에 발길질하여

물을 튕기며 속살대는

화강암-입술의 수반으로, 느긋하게 퍼지는

분수가 쏴쏴-소리로 정원을 채운다

바싹-잘린 잔디밭의 고요 속에서.

분수가 똑똑 절벅절벅 쳐대는

돌 터널 속 양치류의 축축한 내음,

가득한 물에 노릇해진 대리석 분수.

이끼에 빛바랜 계단들에 철퍼덕

물이 떨어지자

대기가 고동친다, 그 소리에

콸콸 흐르는 소리에

튀어 올랐다가 푹 꺼지는 서늘한 속삭임에.

나는 밤이었으면 당신이 있었으면 싶었다.

그 수영-장에서, 그 은빛-얼룩진 물속에서

하얗게 반짝이는 당신을 보고 싶었다.

그새 달이 정원을 타고 넘어

밤의 아치 속에서 드높이 나아가고,

라일락 향기가 정적과 함께 묵직하게 배어 있었다.

밤과 분수, 그리고 새하얀 몸으로 목욕하는 당신!

담장 뒤에

Behind a Wall

내 마음속에 위안거리를 숨겨 놓았어요
수많은 진기한 기쁨들이 가득하고
나른한 양귀비 빛깔의 햇살에 따사롭고, 컵에서
가루 날개의 빛나는 것들을
내뿜는 백합-불꽃에
밝은 정원이에요.

여기에는 테라스 밑에 또 테라스가 있고, 나무들이
꿈꾸는 길들의 끝을 닿아요. 변덕스러운 바람이
반쯤-익은 배들을 밀치고 나가, 몰인정하게
잠꾸러기처럼 기둥 장미 속에 푹 쓰러져서
흡족하게
빈둥거리죠.

밤이 되면 나의 정원에서는 줄무늬마노 상감에
고정된 보석들이 불쑥 튀어나와요. 반딧불들이
나의 눈부신 눈 속에서 등불들을 깜박거리죠.
나는 접시꽃의 곧고 뻣뻣한 줄기들이 바위들을

등진 채 빽빽이 늘어선

모습을 상상해요.

그곳은 아주 멀고 고요해서, 귀를 기울이면,

새벽에 꽃들이 얘기하는 소리,

움푹 팬 웅덩이가 흐릿하게 반짝이는 붓꽃에

둘러싸인 잔디밭을 가르는 곳에서

깨어난 물고기가 갑자기

휙 움직이는 소리도 들리죠.

3월 저녁

March Evening

파랗게, 창문 너머로 황혼이 불탄다
묵직하게, 나무들 사이로, 따뜻한 남풍이 분다.
반짝이는 차가운 회색 하늘빛을 배경으로
축축하고 검은 나뭇가지들이 빗장처럼 얽혀 있다.

흠뻑 젖은 스펀지 같은, 간신히-녹색인 잔디밭의
발에 밟혀 팬 자국들이 웅덩이들로 변한다.
물웅덩이들이 길에 갈라져 있다, 물웅덩이가
아니라, 차갑고 모진 광택의 강철 뭉치처럼.

희미하게 난롯불이 사그라들고, 그 불씨들이
더 강한 돌풍에 널리 흩어진다.
위에서, 오래된 풍향계가 신음하다가, 잊지 않고
삐걱삐걱, 백 년 묵은 녹에 싸여 돌아간다.

쓸쓸히, 음울한 슬픔에 젖어 죽어가며
시들어가는 몸에 안개를 둘러싸고,
낮이 저문다. 그리고 어둠 속에서 내일이

폭풍의 자궁 속에서 진통하다가 태어난다.

4월
April

새 한 마리가 오늘 아침 나의 창가에서 지저귀더니
하늘에 섬세한 그물모양의 구름이 드리워지네요.
어서요,
함께 야외로 나가요
내 가슴이 막 알을 낳을 듯한 물고기처럼 뛰어요.

너도밤나무 아래 누울래요
너도밤나무의 잿빛 가지들 아래,
푸르스름한 꼬마 해총과 크로커스밭에요.
꼬마 해총밭에 누워서
이 터질 듯한 아름다움을 낳을래요
그래서 태어난 그것이 나를 사랑하는 당신에게
기쁨이 되었으면 좋겠어요.

4월의 눈

Snow in April

햇살!

햇살!

고요한 푸른 하늘,

철 이른 나무-꼭대기로 부는 시원한 바람,

뾰족한 새싹들,

하얀 방울들,

흰색 보라색 꽃받침들.

나는 꽃을 피우다 만

자두-나무.

내 꽃들이 시든다

내 가지들이 다시 물러진다.

내가 그 가지들을 뻗쳐 올리는데

눈송이들이 떨어진다 —

빙빙 돌다가 — 떨어진다.

사월과 눈,

그리고 꽉 막혀서 헐떡이며 죽어가는

내 가슴,

내 꽃들이 갈색으로 변하여 뚝뚝

차가운 나의 뿌리들에 떨어진다.

부재

Absence

오늘 밤 나의 잔은 텅 비었다
잔의 옆면도 차갑고 메말랐다
열린 창문으로 들어온 바람에 식어서.
텅 비어 허전한 잔이 달빛에 하얗게 반짝인다.
방 안은 등나무꽃의 야릇한 향기로
가득하다.
꽃들이 환한 달빛에 젖어서 흔들흔들
똑똑 벽을 두드린다.
하지만 내 마음의 잔은 고요하다
차갑고, 텅 비었다.

당신이 오면, 그 잔이 피로
붉게 넘치며 찰랑거리련만,
그 심장의 피를 마신 당신의
입 안에 한 영혼의 사랑과
씁쓸-달콤한 맛이 가득 퍼지련만.

미련퉁이

The Bungler

당신은 내 가슴속에서 타오르지요
마치 무수한 촛불의 불꽃들처럼요.
그러나 내가 손을 녹이려고 다가갈 때면
나의 어설픔이 초를 넘어뜨리고,
이내 나는 비틀거리다가
탁자나 의자에 부딪히고 말아요.

바보짓
Stupidity

부디, 용서해 주세요, 나의 서투른 손길에
당신의 장미를 부러뜨려 상처 냈어요.
나는 상상도 하지 못했어요
내 악력에 그리 죽어버릴 만큼
　아주 연약한 생물인 줄은요.

그 꽃이 줄기 위에 하도 자랑스럽게 서 있길래,
두려움 따위 생각하지 않고,
아주 가까이 다가갔는데 그만
균형을 잃고, 당신의 옷자락에 쓰러져서,
　그것을 쫙 찢고 말았네요.

이제야, 수그린 채,
쓰러진 내 몸 주변에 널려있는
진홍색 꽃잎들을 한 잎 두 잎
모두 그러모아요.
여전히 향긋한 꽃잎들이, 피처럼-붉은 원뿔처럼
　쌓인 추억 같네요.

그래서 나의 말들로 그 향긋한 가루를
담아놓을 작은 항아리를 깎아요,
그 뚜껑이 열리면, 당신도 마음껏
들이켜고, 들이켜면서, 당신보다 내가 훨씬
 슬퍼했음을 알게 될 거예요.

폭풍우가 지나간 뒤에

After a Storm

당신이 얼음 나무들 아래로 걸어가네요.

나무들이 흔들흔들, 딱딱거리며

눈부신 아치를 만들어

당신의 가는 길을 꾸며주네요.

하얀 햇살도 나무들을 다색으로 물들여

당신의 앞길을 밝혀주네요.

파란색,

엷은 자줏빛,

에메랄드빛으로.

또 호박琥珀 빛깔,

옥빛,

붉은 줄무늬마노 빛깔로.

그 빛깔들이 은빛으로 일렁이다 불처럼 타오르더니

순식간에 잦아들어

뭉쳤다가, 다시 산산이 부서져서, 무지갯빛으로 반짝

거리네요.

당신은 얼음 나무들 아래로 걸어가고

당신이 밟고 가는 밝은 눈이 뽀드득뽀드득.

우리 개들이 당신 곁에서 펄쩍펄쩍 뛰며

허공에 대고 짖어대는 소리가

마치 금속을 쳐대는 모난 망치 소리 같네요.

당신이 얼음 나무들 아래로 걸어가는데

당신이 그 얼음꽃들보다 눈부시네요,

개들의 짖는 소리보다

당신의 침묵이 더 크게 들리네요.

당신이 얼음 나무들 아래로 걸어가고

아침 열 시가 되었네요.

여파

Aftermath

한결 행복했던 시절에 당신한테 편지 쓰는 법을 배
웠죠.

편지 하나하나가 내 심장에서 잘라낸

조각, 삶의 모자이크에서 새로이 벗겨낸

파편이었죠. 그 파란 조각들과 잿빛 파편들,

고동치는 붉은 조각들을 주고 당신의 칭찬을 받았죠.

내 영혼의 껍질을 벗겨서 당신의 발이 밟고

걸어갈 보도를 만들고, 내내 폭신폭신하도록

당신의 발밑에 슬그머니 깔아놓았죠.

그런데 이제는 내 편지들이 마치 절망의 눈물을 흘
리며

한 무덤에 우리가 함께 뿌렸던 가냘픈 꽃잎들 같네요.

당신이 무심하더라도, 보상을 바라진 않을게요

약해지지도 않을게요. 길고 슬픈 세월도

여전히 지나가고, 변함없이 나도 무른 꽃을 뿌리며

아무도 듣지 않는 사랑의 말들을 속삭일 테니까요.

여운

Afterglow

작약

중국 도자기의 특이한 분홍색,

그 불그스름한 빛깔이 — 멋지네요.

하지만, 임이여, 내 가슴을 바람처럼

흔드는 것은 연푸른 미나리아재비에요.

다른 여름들 —

그리고 풀밭에서 치르치르 우는 귀뚜라미 소리예요.

예감

Anticipation

내내 늘 절제했다가도

당신이 오면 꼭 만취하고 싶은

기분이 들어요.

나는 거리를 따라 걷는 것이 두려웠어요

당신이라는 술에 취해서 비틀거리다가

지나가는 이웃들을 확

밀칠까 봐서요.

지금도 목이 바싹 말라, 혀가 입속에서 환장할 지경

인데

　달그락달그락 콸콸

포도주잔을 채우는 소리에 뇌가 시끌시끌하네요.

글자
The Letter

마치 질질 끌리는 파리의 다리들처럼
종이 위에 휘갈겨 써서 온통 배배 꼬인 작은 단어들,
너희는 참나무이파리들 사이로
너울너울 빛나는 달을 뭐라고 말할까?
또 나의 커튼 없는 창문과 달빛 뿌려진
빈 마루에 대해서는?
너희의 바보 같은 변덕 기벽들 속에는
꽃 피는 산사나무 같은 것은 없다,
내 손에 만져지는 이 종이는 무디고 **빳빳**하고 반반한
사랑스러운 처녀.

나는 친애하는 너희의 욕구에
내 가슴 애태우는 것이,
그것을 작은 잉크 방울로 쥐어짜서
붙이는 것이 싫다.
그래서 홀로 여기, 커다란 달의
불길에 휘덮여, 들끓고 있다.

선물
A Gift

자요! 임이여, 당신께 나를 드릴게요!
나의 말들은 작은 항아리들이에요
당신이 가져가서 선반에 놓아두세요.
모양들이 특이하고 아름다운 데다
여러 가지 즐거운 색깔과 빛깔을 품고 있어서
마음에 들 거예요.
또 아주 향긋한 꽃들과 짓이겨진 풀 내음이 거기서
풍겨 나와 방 안을 가득 채우지요.

내가 당신한테 마지막 항아리를 건네고 나면
당신은 나의 전부를 가지는 거예요
하지만 나는 죽겠죠.

술
Vintage

나에게 별 술을 빚어줄 거예요 —
다색의 수많은 침을 지닌 커다란 별들,
고동색 진홍색 빛을 내뿜는 작은 별들,
차분하고 고요한 녹색 별들을 섞어서요.
그 별들을 하늘에서 똑 따서
오래된 은잔에다 꼭꼭 짜고,
그 안에다 내 임의 차가운 경멸을 쏟아부을 거예요
그래야 내 술이 얼음에 버글거릴 테니까요.

내가 그 술을 삼킬 때면
그게 찰싹대며 할퀴겠죠
그러면 나는 마치 불 뱀처럼,
내 뱃속에서 사리 틀며 배배 꼬는 술을 느끼겠죠.
임의 코 고는 소리가 솟구쳐 내 머리를 두드리면,
나는 뜨겁게 달아올라서, 웃다가,
내가 어떤 여자를 알았다는 것도 잊고 말겠죠.

의무
Obligation

당신의 앞치마를 활짝 펼쳐요

내 선물들을 그 안에 쏟아줄 수 있게요

당신의 두 팔에 걸려서 그 선물들이 땅에 떨어지지

않게요.

나는 그 선물들을 당신에게 쏟아부어

당신을 휘덮어 주고 싶어요

정말로 나는 꼭 당신에게

뭐라도 주고 싶으니까요

이렇게 초라한 것들이라도요.

귀하디귀한 나의 임!

인내

Patience

인내심을 가지라고요?

수그린 하늘이

언덕들에 기댄 채

마치 괴로움을 달래어 진정시키듯,

부드럽게 대지를 감싸

끌어안고 있는데. 햇살-가득한 사람들이

그런데도 인내심을 느낄까요?

인내심을 가지라고요?

눈에 덮인 대지가

갈라져서 그 사이로 갑작스러운

녹색 싹을 틔우고, 진창 흙에서

스노드롭이 뛰쳐나오면, 서리처럼 굳은 눈에

얼마나 반가운데, 지친 사람들인들

인내심을 느낄까요?

인내심을 가지라고요?

고통의 쇠막대들이

그 대갈못을 조여서, 가혹하게
희생자들을 비틀고 찢어대는데, 돌아봐도
희망은 없고, 망각을 흩뿌리는 밤의
자색 항아리들만 버티고 섰는데. 이 사람들이
그런데도 인내심을 느낄까요?

인내심을 가지라고요?
당신은! 나의 해이자 달!
바구니에 가득한 나의 꽃들!
빛나는 꿈들이 담긴 나의 돈-주머니! 오후의
바람 없이 고요한, 나의 시간들!
당신은 나의 세계요 나는 당신의 시민이에요.
그런데 인내심이 무슨 의미가 있겠어요?

순금
Bullion

내 생각들이
내 갈비뼈들에 부딪혀 땡그랑거리며
은빛 우박들처럼 데굴데굴 굴러간다.
놈들을 다 엎질러버려야 할까 보다
온통 반짝이는 놈들을 당신한테
부어버려야 할까 보다.
그러나 내 가슴이 놈들을 가둬 놓고
옹색하게 붙들고 있나니.

당신이 어서! 내 가슴을 열어 주세요
내 생각들이 더 이상 나를 괴롭히지 않고
당신의 머리칼에 배어들어 반짝거리게요.

하얀 까치밥나무 열매

White Currants

하얀 까치밥나무 열매를 드릴까요?

왜 그런지 모르겠지만, 갑자기 이 열매가 마음에 드네요.

당장, 그 열매에 관한 생각이 나의 감각들을 품으니까,

티 하나 없는 에메랄드보다 그것들이 더 갖고 싶어지는 것 같아요.

나는, 사실, 빈-손이기에,

내가 인도산의 보석들을 골랐을 수도 있겠죠,

하지만 나는 하얀 까치밥나무 열매를 택할래요.

시끌벅적한 바람이 집-구석구석을 헤집고 돌아다니고 있어서 그럴까요?

그 바람이 두르르 말린 입술과 벗겨진 송곳니들에, 삭막한 유령 같은 기운을 풍기며,

들이닥쳐 어린 크로커스 뿌리들을 파서, 야금야금 갉아먹고, 죽이는 모습이 보이네요.

이제는 그걸 하얀 까치밥나무 열매라고 불러야 할까요?

당신만 좋다면 어떤 상징이라고 생각해도 좋겠네요.

시큼털털하거나, 달콤하거나, 아니면 그냥 마음에 드
는 색깔 때문인지, 당신도 알 수 있을 거예요,

당신이 그것들과 나를

받아들인다면요.

화관
Crowned

당신이 당신 심장의 포도주처럼 붉은
밝은 장미들을 품고 내게 다가왔어요.
당신은 그 꽃들을 구부려서 만든 화관으로
나를 시장에서 멀찍이 떼어 놓았죠.
당신이 연인인 내게 장미 화관을 씌워줬고
나는 후광을 두른 채 옆에서 걸었죠.

사로잡혀 포위된, 나는 그것을 당신께 바치는
내 선물의 자랑스러운 징표로 쓰고 다녔어요.
꽃잎들이 점점 창백해지고 오그라들어
떨어졌고, 가시들이 뚫고 나왔죠.
쓰라린 가시들이 후회의 관을 엮어서
나를 당신의 연인이라고 선포했죠.

기괴한 이야기

Grotesque

내가 백합들을 꺾을 때면

왜 그것들이 나에게 혀를 날름거리며

몸부림치고 비틀고

서로 매달린 채 내 손가락에 저항해서

내가 당신의 머리에 씌워줄 화환을

엮을 수 없게 할까요?

내가 꽃다발을 만들려고 하면

왜 그 꽃들이 당신의 이름을 꽥 외치고

나에게 침을 뱉을까요?

내가 그 꽃들을 죽여서

가만히 있게 만들고,

축 늘어진 시체들의 화환을 당신에게 보내

당신이 춤추는 사이에

당신의 이마에서

부패하여 물러지게 둘까요?

7월 한밤

July Midnight

반딧불들이 나무들의 꼭대기에서 깜박이다가

한층 낮은 나뭇가지들에서 깜박이다가

땅을 스치듯이 날아가네요.

달처럼 하얀 백합들 위로

반짝였다 꺼졌다 하는 작은 레몬-녹색의 별들.

당신이 나에게 기댈 때면

달빛 하얗게,

당신을 휘감은 공기가

찢기고, 찍히고, 찔려서 숱한 레몬-녹색 불꽃을 튀

기며

희미한 푸른 나무들을 등지고 튀어나오죠.

어떤 부인

A Lady

아름답게 빛바랜 당신의 모습이

마치 하프시코드*로 연주되는

오래된 오페라 곡조 같네요,

마치 어느 18세기 규방의

햇볕에 담뿍 물든 비단 같네요.

당신의 눈에

오래-살다 떨어진 장미들의 순간순간이 깃들어,

당신의 영혼에 밴 향기가,

밀봉된 향신료-병의 톡 쏘는 내음처럼,

아련하게 풍기네요.

당신의 반음半音들은 나를 아주 기쁘게 하고,

당신의 뒤섞인 혈색을 응시하노라면

나는 미칠 듯이 흥분돼요.

나의 활기는 새로 주조된 동전 같아요,

그것을 내가 당신의 발치에 던져줄게요.

---

* 　16~18세기 건반 악기의 일종으로, 피아노의 전신.

먼지 속에서 그것을 주워 들어요,

그 광채가 당신을 즐겁게 해줄 거예요.

사로잡힌 여신

Captured Goddess

지붕들 너머,
빙빙 도는 굴뚝-통풍관 위에서,
전율하는 자줏빛을 보았다,
이내 파란색과 황갈색이
순간적으로 깜빡였다,
먼지투성이 거리의 아득한 끝에서.

세차게 내리는 빗줄기 사이로
진홍빛 광채가 찾아들었고,
나는 아주 연한 녹색 막에 덮인
달빛을 바라보았다.

그것은 그녀의 날개였다,
여신!
그녀가 구름을 밟고 나아갔다,
자신의 무지갯빛 깃털들을
공기 물결에 비스듬히 기댄 채.

응시하는 눈과 비틀거리는 발로

나는 그녀를 오랫동안 따라갔다.

그녀가 나를 어디로 이끄는지는 상관없었다,

내 두 눈이 온갖 색깔로 가득 차 있었기에 :

샤프란 색, 루비색, 녹주석 같은 노란색과

석영 같은 남청색에,

층층의 장밋빛, 겹겹의 비취옥,

오렌지색 점들, 주홍색 나선들,

참나리 꽃잎처럼 점점이 박힌 금빛,

활짝 핀 수국의 화려한 분홍색으로.

나는 따라가며,

그녀의 날개가 활짝 펴지기를 기다렸다.

도시에서 나는 그녀를 발견했다,

좁다란 거리의 도시에서.

시장에서 나는 그녀를 우연히 만났는데,

묶인 채 떨고 있었다.

밧줄에 홈이 팬 날개들이 옆구리에 꽉 매여 있었다.

그녀는 벌거숭이였고 추웠다,

그날은 바람이 불었고

햇빛이 없었기에.

사내들이 그녀를 두고 흥정했다,
그들이 은전과 금전으로,
동전으로, 밀로 협상하며,
장터를 가로질러 입찰액을 불러댔다.

여신이 울었다.

나는 얼굴을 가린 채 도망쳤다,
잿빛 바람이 내 뒤에서 쉭쉭거리며,
좁다란 거리를 따라 쫓아왔다.

바구니

The Basket

1

잉크통이 잉크로 가득 차 있고, 종이가 촛불에 드리워진 둥그런 빛에 젖어서 하얗게 얼룩 하나 없이 놓여 있다. 어둠이 훅훅 구석구석으로 밀려 들어와, 굽이치며 그의 의자 뒤쪽까지 방 안에 두루 퍼진다. 대기가 은빛 진줏빛이다, 밤이 달빛에 젖어서 유려하기에.

지붕이, 마치 얼음처럼, 반짝거리는 모습을 보라!

그 위에서, 엷은 노란색 한 조각이 은-청색 속으로 배어들자, 그 옆에 있는 두 제라늄이 보라색으로 물든다. 오늘 밤은, 그 빛깔이 은-청색이기 때문이다.

보라! 그녀가 다가온다, 밝은 머리칼의 젊은 여자. 그녀가 바구니를 흔들며 걸어와서, 그것을 제라늄 줄기들 사이에 있는, 문틀에 올려놓는다. 그가 하하 웃으며, 살펴보려고 앞으로 몸을 수그리다가 종이를 구겨버린다. "달빛 가득한 바구니," 책으로 참 그럴싸한 제목!

부풀어 오르는 구름이 지붕들을 휘덮고 지나간다.

그는 그 제라늄들 때문에 방 안에 있는 여자를 잊고 있었다. 그는 골머리를 앓고 있고, 그의 고막 안에서 격렬한 맥박이 망치질한다. 그녀가 창턱에 앉아, 무릎으로 바구니를 품고 있다. 이윽고 탁! 그녀가 호두를 깬다. 또 탁! 또. 탁! 탁! 탁! 껍데기들이 지붕 위로 튀어올라, 낙수 홈통들로 들어갔다가, 튕겨서 그 끄트머리를 넘어 사라진다.

"거참 괴상하네," 피터는 생각한다. "그 바구니는, 틀림없이, 텅 비어 있었는데. 호두알들이 대기에서 생겨났나?"

은-청색 달빛이 제라늄들을 보라색으로 물들이고, 지붕이 얼음처럼 반짝거린다.

2

5시. 그 제라늄들이 진홍색 옷으로 갈아입고 매우 화사하다. 부풀어 오르는 구름이 지붕들을 휘덮으며 지나가고, 피터도 그의 아침 일과를 수행하려고 짬을 내서 그 지붕들을 지나간다.

"아네트, 나야. 다 끝냈어? 들어가도 되지?"

피터가 창문으로 뛰어든다.

"자기, 혼자 있어?"

"보세요, 피터, 교회의 돔이 완성되었어요. 이 금실이 너무 높이 있는데, 아침 풍경이라서 다행이에요, 별 총총한 하늘이었다면 난 파산하고 말았을 거예요. 앉아요, 자 말해봐요, 당신의 이야기는 잘 풀려가요?"

그 금빛 돔이 저무는 해의 주황색에 젖어 반짝거렸다. 벽들에, 일정한 간격으로, 제단-천과 제의복, 긴 사제복, 법의, 관을 덮는 천들이 걸려 있었다. 아주 풍성한 자수에, 무척 예술적인 기교로 바느질된, 그것들이 마치 방적 되어 직조된 보석들 같았다, 아니, 줄기들에 새로 피어난 꽃봉오리들 같았다.

아네트가 파란 하늘을 배경으로 매우 붉은, 제라늄들을 바라보았다.

"내가 아무리 노력해도, 저런 붉은색의 실은 찾지 못하겠죠. 나의 피 흘리는 심장도 저 색깔에 비하면 진흙 같은 색을 띨굴 테니까요. 아아! 콕콕 쪼아대는 나의 귀여운 비둘기 좀 볼래요? 난 나 자신의 사원과 사랑에 빠졌어요. 저 후광이 틀려먹긴 했지만요. 색깔이 너무 진한가, 아니면 별로 진하지 않은가. 나도 모르겠어요. 눈이 피곤하네요. 오, 피터, 너무 거칠게 굴지 마요. 그

거면 됐잖아요. 난 그 이상은 하고 싶지 않아요. 정말이에요. 폭군처럼 구는군요, 여보, 그 정도면 충분하잖아요. 이제 앉아서 내가 쉬는 동안 즐겁게 좀 해줘요."

제라늄들의 그림자가 마루를 기어가다가, 건너편 벽을 타고 올라가기 시작한다.

피터가 그녀를 바라본다. 피로감에 흐물거리는 그녀가 오렌지색 불빛에 싸여 둥둥, 표류하며, 너울거린다. 그의 감각들이 그녀를 향해 흐른다, 그녀가 무기력하게 드러누워 꿈을 꾸는 곳으로. 마치 금빛 후광에 싸여 있는 듯한 모습.

제라늄들의 톡 쏘는 내음이 견디기 힘들 지경이다.

그가 그녀의 무릎을 밀치며, 그녀의 늘어진 두 손에 스치듯 입을 맞춘다. 그의 입술은 뜨겁고 말이 없다. 그가 바르르 떠는 그녀에게 구애하고, 방이 그림자들로 가득 찬다, 해가 졌기 때문에. 그러나 그녀는 오로지 바늘이 섬세한 직물들을 꿰뚫는 방법들과 어떤 색이 다른 색에 미치는 놀라운 효과를 이해할 따름이다. 그녀는 이 일도 똑같다는 것을 알지 못하기에, 짜증 내듯 그의 이름을 속삭인다.

"피터, 난 그러고 싶지 않아요. 피곤해요."

그러자 그는, 욕구를 충족하지 못한 채, 불타다가 꺼지고 만다.

하늘의 언저리에 초승달이 떠 있다.

3

"이제, 집에 가세요, 피터. 오늘 밤은 만월이네요. 혼자 있고 싶어요."

"거참 빨리도 달이 다시 꽉 찼군! 아네트, 나도 같이 있게 해줘. 여보, 나는 가고 싶지 않아. 미안하지만, 당신이 나를 계속 굶겼잖아! 당신은 모든 문짝 위에 '들어오지 마시오'라고 적어 놓지. 여보, 이상하지 않아? 사랑하면서, 당신은 어떤 곳에도 내가 못 들어오게 하잖아. 결혼이 당신을 맹목적으로 만드나, 아니면, 당신이 그러듯 결합을 싫어하게 만드나? 난 당신한테 자유를 허락해주는데 왜 나는 사랑할 권리를 거부당해야 하느냐고? 당신은 나의 전부를 원하지, 당신은 쉽게 해달라고 내게 요구할 뿐, 나한테는 마음 한 자락 내주지 않지.

오, 용서해줘, 여보! 난 나의 사랑 문제로 괴로워, 당신도 그건 알잖아. 나는 시인으로서의 내 삶에만 만족할 수 없다고. 나도 같이 있게 해줘."

"가여운 피터, 당신 좋을 대로 하세요, 그렇지만 당신이 정말로 그런다면 내 마음이 아플 거예요. 그러면 당신의 가슴을 짓눌러서 그 사랑을 쥐어짜는 꼴이 되고말 테니까요."

그가 걸걸하게 대답했다, "내가 어떻게 될지는 나도 알아."

"오늘 밤부터 한 가지만 기억하세요. 나의 일이 아주 힘들어서 꼭 시력이 좋아야만 해요! 꼭 그래야만 한다고요!"

맑은 달이 제라늄들 사이로 들여다본다. 벽에 드리워진 남자의 그림자와 여자의 그림자가 은빛 실에 의해 분리되어 있다.

그것들은 구슬처럼 둥근 눈들, 수백 개의 눈이다! 눈꺼풀이 없기에, 깜박거리지 않는 눈들. 파란색, 검은색, 회색과 녹갈색, 그 홍채들이 하얀 공막 안에 담겨 있고, 그것들이 달빛을 받아 반짝반짝 빛난다. 바구니에 사람의 눈들이 수북이 쌓여 있다. 그녀가 그 하얀 눈들을 으깨서 던져 버린다. 그 눈들이 지붕에 맞고 튀어나와, 낙수 홈통으로 들어갔다가, 튕겨서 그 끄트머리를 넘어 사라진다. 그러나 그녀는 여기, 창턱에 조용히 앉아서, 사람의 눈들을 먹고 있다.

은-청색 달빛이 제라늄들을 자주색으로 물들이고, 지붕이 얼음처럼 빛난다.

4

시트가 얼마나 뜨거운지! 그의 살갗이 따끔따끔 아리고, 그의 몸 위에 들러붙어, 꿈쩍도 하지 않는, 눈 하나. 그 눈이 하늘을 핏빛으로 밝히고, 피를 뚝뚝 흘린다. 이윽고 그 핏방울들이 그의 맨 살갗에 떨어져서 지글지글하고, 그는 그 방울들이 타들어 가는 냄새를 맡으며, 그의 몸에 "아네트"라는 이름을 깊이 새겨넣는다.

피처럼-붉은 하늘이 지금 그의 창문 바깥에 있다. 저게 피일까 아니면 불일까? 자비로운 하나님이시여! 불이다! 이내 그의 가슴이 뒤틀리며 쿵쾅쿵쾅한다 "아네트!"

지붕의 납이 누렇게 변해가고, 그는 튀어 나가, 지붕의 가장자리를 붙잡고, 튕겨서 그 너머로 사라진다.

지붕들을 휘덮고 지나가며 부풀어 오르는 구름이 빨갛다.

5

대기가 은빛과 진주 빛깔에 물들어 있다, 밤이 달빛
에 젖어서 유려하기에. 그 폐허가 어찌나 반짝거리는
지, 마치 얼음 궁전 같다! 오로지 두 개의 검은 구멍만
이 달의 광휘를 삼킨다. 꽃봉오리들을 빼앗긴 창들, 시
력을 잃어버린 눈구멍들.

한 남자가 그 집 앞에 서 있다. 그가 은-청색 달빛을
바라보며, 그 머리 위의 달 속에, 물끄러미 쳐다보며 깜
박거리는, 붉은 제라늄 같은 두 눈을 넣고 고정한다.

아네트!

한 시인의 아내

A Poet's Wife

당신은 우리의 사랑을 적어서 그것을 은화로 바꿨
어요.

당신은 나를 위해 사랑의 시를 팔아서

그 돈으로 여러 잔의 술을 사지요.

제발 잠자코 있어 주세요,

다시는 시를 쓰지 마세요.

술은 우리 둘 다 다치게 하고

당신 가슴의 말들은

황제의 후궁들도 아는 흔한 말이 되고 말았으니까요.

음악
Music

이웃 남자가 창문 안쪽에 앉아 플루트를 연주한다.
내 침대에서 나는 그의 연주를 듣는다
낭랑한 음들이 그 방을 날아다니며 두드리다가
서로 맞부딪쳐
모호해지면서 뜻밖의 화음을 빚어낸다.
정말 아름답다,
어둠 속에서 나를 온통 감싸는
작은 플루트-음들.

낮에,
그 이웃이 한 손으로 빵과 양파를 먹으며
다른 손으로 악보를 옮겨적는다.
그는 뚱뚱한 데다 대머리라서
나는 그를 쳐다보지 않고
잽싸게 내달려서 그의 창문을 지나친다.
언제나 바라볼 하늘이 있고,
또 우물 속에는 물이 있다!

그러나 밤이 되어 그가 플루트를 연주할 때면,

나는 그를 젊은 남자라고 상상한다

손목시계에서 달랑거리는 금 도장들과

은 단추들이 달린 파란 코트 차림의 청년.

내가 침대에 누워 있으면

그 플루트-음들이 내 귀와 입술을 꾹꾹 압박하고,

나는 잠들어, 꿈을 꾼다.

바보의 돈주머니

Fool's Money Bags

기다란 창문 밖에서,

댓돌에 머리를 얹고,

개가 누운 채,

사랑하는 사람을 응시하고 있다.

촉촉이 젖어 절절한 두 눈망울에,

잔뜩 긴장해서 바들바들 떠는 몸.

테라스 위에 있으려니 춥다.

파리한 바람이 석판들을 핥고 지나간다,

그렇지만 개는 유리창 안을 응시한 채

흡족하다.

사랑하는 사람이 편지를 쓰고 있다.

이따금 그녀가 개에게 말을 건다.

그렇지만 그녀는 쓰는 글을 생각하고 있다.

그녀 역시 가치 없는 누군가에게

몰두하고 있나?

제2부/ **꽃잎** ____

인생은 우리의 마음 꽃을
한 잎 두 잎 흩뿌린
냇물 같다.

봄날
Spring Day

목욕
Bath

날이 갓-씻긴 듯이 맑고, 공기에서 튤립 향기 수선화 향기가 묻어난다.

햇살이 욕실 창문으로 쏟아져 욕조의 물을 도려서 녹색 감도는 하얀 선반과 평면들을 짜놓는다. 햇살이 물을 갈라서 보석 같은 흠집들을 내고, 물을 깨뜨려서 밝게 빛 발하게 한다.

자잘한 햇살 얼룩들이 수면에 누워 하염없이 춤을 추고, 그 그림자들이 천장 여기저기서 즐겁게 흔들리더니, 내가 손가락을 휘젓자, 휙휙 빙빙 돌고 돈다. 내가 한 발을 움직이자 물속의 빛 면들이 삐걱삐걱 흔들린다. 내가 뒤로 드러누우며 깔깔거리자, 녹색 감도는 하얀 물, 햇살에 흠집 난 담청색의 물이 내 몸에 흘러넘친다. 햇빛이 하도 밝아서 거의 배겨낼 수 없을 지경인데, 녹색 물이 너무 밝은 햇살로부터 나를 가려주나니. 잠시나마 여기 누워서 물이랑 햇살 얼룩들이랑 놀아야겠다.

하늘이 푸르고 높다. 까마귀 한 마리가 퍼덕퍼덕 창문을 지나가고, 공기에서 튤립 향기 수선화 향기가 감돈다.

아침 식탁

Breakfast Table

갓 씻은 햇살 속에, 아침 식탁이 꾸며져 있고 하얗다. 식탁이 납작 엎드려 자기를 내맡기고, 다양한 맛과 냄새와 색깔과 금속 식기와 곡물을 제공한다. 장식되어 널찍한 식탁 측면에 하얀 천이 드리워져 있다. 흰색의 바퀴들이 은색의 커피포트에서 반짝거린다, 마치 회전 폭죽처럼 돌아가는 뜨거운 바퀴들이 빙글빙글, 빙글빙글 돌고 ― 내 눈이 따끔거리기 시작한다. 그 작고 하얗고 눈부신 바퀴들이 화살처럼 눈을 찌른다. 평온하고 평화롭게, 둥그스름한 빵들이 햇볕 속에서 몸을 쭉 뻗고서 일광욕을 한다. 버터 조각 더미가, 피라미드처럼 쌓여, 하얀색 사이로 오렌지색을 외치고, 비명치고, 파닥거리고, 소리친다 : "노랑! 노랑! 노랑!" 커피 증기가 잇따라 솟구쳐서, 안개로 은색 찻그릇을 흐릿하게 하고, 휘휘 감겨 올라 햇빛으로 들어가서, 빙빙 돌다가, 나선형으로 변하여, 점점 높이 탄식하다가, 플루트 소리를 내며 가느다란 소용돌이 꼴로 높고 푸른 하늘을 둥둥 떠간다. 까마귀 한 마리가 날아가다가 그 커피 증기를 보고 깍깍거린다. 날이 공기에 밴 좋은 냄새로 싱그럽고 맑다.

산책
Walk

거리 위에서 하얀 구름들이 만나, 서로 건드리지 않고 급하게 방향을 틀어 벗어난다.

인도에서 소년들이 공깃돌을 가지고 놀고 있다. 호박색 푸른색 심이 박힌 유리 공깃돌들이 함께 구르다가 귀엽게 부딪치는 소리를 내며 갈라진다. 소년들이 검붉은 줄무늬 공깃돌들로 그 공깃돌들을 친다. 유리 공깃돌들이 맞는 순간에 심홍색 침을 뱉고, 낙수 홈통으로 스르르 들어가서 쇄도하는 갈색 물줄기에 잠긴다. 공기에서 튤립 향기 수선화 향기가 나는데, 그 어디에도 꽃 한 송이 없고, 거리를 채찍질하듯 몰아치는 하얀 먼지, 그리고 화미한 봄 모자를 쓰고 날리는 스커트를 입은 한 소녀뿐이다. 먼지와 바람이 소녀의 발목과 산뜻한 하이힐의 에나멜 가죽구두를 농락한다. 똑, 똑, 자그마한 신발 굽들이 포도를 두드리고, 바람이 소녀의 모자에 그려진 꽃밭에서 와삭거린다.

살수차 한 대가 길 건너편에서 느릿느릿 기어간다. 녹색으로 새로 칠해서 즐거운 양, 하얀 먼지 위로 맑은 물을 뿌리며 흡족하게 덜커덕덜커덕 나아간다. 튤립 향기 수선화 향기가 나는 맑은 지그재그 물줄기.

무성해지는 나뭇가지들이 푸른 하늘을 배경으로 분홍빛 "그리자유"*를 그리고 있다.

야아! 구름들이 서로에게 돌진하다가 적시에 방향을 틀어서 벗어난다. 야아! 또 한 남자의 모자가 하얀 먼지를 거슬러 거리 따라 내달리다가, 한 나무의 가지들로 펄쩍 뛰어들더니, 바람을 만나서 방향을 틀며 빙글빙글, 햇살을 뒤흔들어 장미색 녹색의 바큇살들을 빚어낸다.

자동차 한 대가 낫질하듯 밝은 공기를 베고 들어가, 날카로운 부리로 압도하면서, 바람에게 길을 비키라고 소리친다. 자동차 뒤로 먼지와 햇살이 동시에 번득거리며 들까불다가, 가라앉는다. 하늘은 고요하니 높고, 아침이 갓-씻긴 공기로 맑다.

---

* "그리자유"는 회색 계통의 채도가 낮은 한 가지 색상으로만 그리는 화법 또는 그런 방식으로 그린 작품을 말한다. 한 색의 농담으로 표현되기 때문에 부조 같은 입체감을 줘서, 주로 실내 벽면을 장식하는 데 쓰인다. 17세기~19세기 초에 유행하였고, 고대 로마풍의 인물상이 많이 그려졌다. 중세 말기의 단색 스테인드글라스나, 조각품의 단색 밑그림을 가리키는 개념으로도 쓰인다.

한낮과 오후

Midday and Afternoon

붐비는 거리의 소용돌이. 교통의 마비와 진저리. 오래된 교회의 꿈쩍하지 않는 벽돌 정면, 그곳을 등지고 파도처럼 요동치며 물러나는 사람들. 확 햇살이 내리비치는 뒷골목. 약국의 창문 안에서 소용돌이치는 빛, 그리고 먼 군중 속까지 다채로운 색깔들을 화살처럼 쏘아대는 파란색, 금색, 보라색 병들. 커다란 쾅쾅 소리와 진동, 높은 창문 밖으로 새어 나오는 속닥거리는 소리, 기계 벨트의 빙빙 도는 소리, 말과 자동차들의 흔들거리는 소리. 전차에 달린 브레이크의 빠른 회전과 전율, 그리고 하늘의 금속 같은 푸른색을 두드리는 교회 종의 삐걱거리는 소리. 나는 마을의 한 조각, 바람에 날리는 한 줌의 먼지처럼, 군중들과 함께 밀치고 나간다. 자랑스럽게 내 밑에 깔린 포장도로를 느끼며, 두 발로 휘청휘청. 발을 헛디디고, 깡충거리고, 지체하고, 질질 끌고, 완강하게 터벅터벅 걷거나, 확고하고 탄력적인 종아리로 솟구치거나 전진한다. 한 소년이 신문을 팔고 있다, 나는 신문사에서 갓 나온 산뜻한 신문 냄새를 맡는다. 그 신문들은 공기처럼 신선하고, 튤립과 수선화처럼 자극적이다.

푸른 하늘이 흐릿해져서 레몬색으로 변하고, 커다란 금빛 혀들이 가게-창문들을 가려서 그 안의 홍수 같은 불꽃에 휩싸인 상품들을 지워 버린다.

밤과 잠

Night and Sleep

낮이 노란 실내화를 신고서 쉰다. 전기 간판들이 서로서로 따라 나와, 가게 정면들을 따라서 환하게 반짝거린다. 하늘이 흐릿해지면서, 간판들이 커지고 커져서, 불-꽃의 무늬들로 피어난다. 차분한 밤의 얼룩덜룩한 불빛 속에서 장사꾼들이 소리친다. 눈을 반짝거리며 팔꿈치로 찌르고, 낚아채는 새로운 연극의 시작. 길 건너편에서, 한 시계상의 비스듬한 은색 간판이 길게 늘어져서 또 다른 거리에 풍덩, 퐁당, 나풀나풀. 거대한 머그잔의 맥주가 거품을 일으키며 대기로 변해서 커다란 건물을 넘어간다. 그러나 하늘이 높고 저만의 별들을 품고 있는데, 왜 하늘이 우리의 별들에 마음 쓰랴?

나는 잽싸게 도시를 떠난다. 바퀴들이 빙글빙글 돌면서 나를 다시 나의 나무들과 나의 고요로 데려다준다. 나에게 부는 산들바람이 갓-씻긴 듯이 깨끗하다, 높은 하늘에서 방금 도달해서. 아직은 꽃들이 피어나지 않았지만, 내 정원의 흙이 튤립 향기 수선화 향기를 알아챈다.

나의 방은 평온하고 정겹다. 창밖으로 아득한 도시, 반짝거리는 보석들의 띠, 줄기 없는 작은 화관들이 보인다. 맥주 유리잔도, 내가 지나쳤던 음식점들과 가게들의 간판 글자들도 보이지 않는다. 이제는 간판들이 흐릿해져서 다 같이 도시를 이룬 채, 맑은 날씨의 밤을 붉게 물들이고 있다, 마치 봄을 기다리며 꿈틀꿈틀 부풀어 오르고 있는 정원처럼.

밤이 갓-씻긴 듯이 맑고 공기에서 확 풍겨오는 꽃들의 향기.

라벤더색의 이불아, 나를 꼭 감싸다오. 너의 푸른색 자주색 꿈들을 나의 두 귀에 쏟아부어다오. 산들바람이 덧문에 대고 속닥속닥 기이한 이야기들을 속삭거린다, 옛이야기, 자갈길들, 그리고 저마다 말을 타고 대리석 계단을 펄쩍펄쩍 내려가는 청년들에 대해서. 연푸른 라벤더, 너는 갓-씻긴 듯이 맑은 날의 하늘 색깔… 나는 별들의 향기를 맡는다… 별들이 꼭 튤립과 수선화 같다… 나는 공기에서 그 꽃향기들을 맡는다.

과수원 길

The Fruit Garden Path

줄줄이 피어나는 꽃 사이로 곧게 뻗은 길,

꽃밭에 둘러싸인 달빛 어린 길,

풀협죽도와 천수국과 커다랗고 붉은

달리아와 들장미가 자리다툼하는 곳.

깃털처럼 정원을 휩쓸고 지나가는

이 풍성한 꽃향기를 밤 속으로

마구 아낌없이 흩뿌리는 길.

나무들 너머로 밝은 별 하나가 반짝인다.

내 어린 시절의 소중한 정원, 여기서 한 해 한 해가

작은 모래 알갱이들처럼 달아났다.

내 삶의 순간들, 그 삶의 희망과 두려움들이

모두 지금 내가 서 있는 여기서 말을 찾았다.

내 눈이 고인 눈물의 무게에 시큰하다.

너는 나의 집인데, 넌 이해하지 못하겠니?

빨간 딸기나무

The Tree of Scarlet Berries

비가 정원 길들에 도랑을 내고

풀잎의 넓은 면을 팅팅 두드린다.

나무 한 그루가, 내 팔 끝에서, 안개에 싸여 흐릿하다.

그래도, 그 나무에 열린 빨간 딸기가 보인다

축축한 물기에 뒤덮인

진홍색의 과일.

마치 빗방울이 그 과일에서

똑똑 떨어져

붉게 물들 것 같다.

나는 그 딸기를 따 먹으려다가

안개 속에서, 가시에 내 손만 긁혔다.

아마, 그 열매 역시 씁쓸하리라.

별들을 선물하는 분께

The Giver of Stars

당신의 영혼을 활짝 열어서 내가 환영할 수 있게 하
소서.

고요한 당신의 영이 맑게 잔물결 치며

시원하게 내 몸을 목욕시켜서,

풀린-다리에 지친, 내가 상아 침대에 눕듯이

당신의 평화 위에 쭉 뻗고, 휴식을 찾게 하소서.

당신 영혼의 반짝이는 불꽃이 내 몸을 감싸고 놀게
하소서,

그 불의 날카로움, 그 불꽃 혀들의

생기와 환희가 내 팔다리에 스며들게 하여,

팽팽하게 조여져 조율된, 당신한테서 나오는 소리로,

내가 흐릿한-눈의 세상을 일깨우고,

그곳에 당신이 그동안 낳은 아름다움을 쏟아붓게 하
소서.

어떤 차원
A Dimension

오늘 밤 나는 장미들 사이에 서서

하늘에 시나브로 총총 박히는 별들을 바라보고 있

었다.

고양이가 자기랑 놀아달라고 알랑거렸다.

가여운 고양아, 너에게는 나밖에 없겠지,

우리가 저 즐거운 깃털을 채찍 끝에 달아 주지 않

는 한.

나에게는 꽃들과 진녹색의 사랑스러운 저녁 하늘이

있지,

그것들이 너의 깃털만 못하다는 것을 알지만,

왜냐하면 지구가 오렌지처럼 둥글고

나는 7리그짜리* 부츠를 가지고 있지 않으니까,

---

*   1리그(league)는 약 3마일, 또는 4km.

초승달
The Crescent Moon

미끄러지듯 부드럽게 하늘을 헤쳐가는
작은 뿔이 달린 행복한 달아,
그리 높은 데서도 내 말이 들리니?
금방 내려와 주겠니?

너의 부지런한 비행을 멈추고
나의 아기방 창문턱에 머물러주겠니?
그리고 나서 나와 함께
여름밤을 헤치고 둥둥 떠가겠니?

나무들의 꼭대기를 스치듯 넘어
별들과 숨바꼭질 놀이를 하고
빛나는 구름 사이로 슬그머니
목성이나 화성을 엿보면서

나는 은하수에서 따 모은 장미를
나의 치맛자락에 가득 채워
모두 집에 가져와서 엄마한테 드려야지.

아! 엄마가 뭐라고 하실까!

살살 흔들리며 항해하는 달아,
나의 외침이 들리니? — 어어이!
조금만 가까이 다가와서, 달아,
어린 소년을 즐겁게 해주렴.

그림 장식의 천장
The Painted Ceiling

우리 할아버지는 멋진 집에 산다
커다란 많은 창문과 문들이 있고,
올라가는 계단과 내려가는 계단에
정말 아름다운, 미끌미끌한 마루들도 있다.

하지만 모든 방 중에서, 엄마 방과 내 방,
책방과 거실까지 모든 방 중에서
나는 녹색의 식당이 가장 마음에 든다
그 방의 천장과 벽 때문에.

머리 위에 우스꽝스러운 둥근 구멍이 있어서
그 사이로 사과와 배들이 떨어진다.
커다란 온통 자줏빛의 달콤한 포도송이에
멜론과 파인애플들도 있다.

그것들이 굴러떨어지고 떨어지지만, 밑에서
내가 입을 떡 벌리고 오랫동안 서 있었어도
절대 내려오지 않는다. 나는 늘 체리

한 알만 그 무더기에서 떨어지길 바랐는데.

아무리 일찍 거기로 달려가서 쳐다봐도
과일은 그 전부터 구멍으로 떨어지고 있었다.
어느 밤 잘 시간에 슬금슬금 보러 들어갔는데
또 촛불 옆으로 떨어지고 있었다.

나는 그게 마법의 과일이라서, 저마다
뭔가를 듣고 뭔가를 보게 하거나, 영원히
안 보이게 만든다고 확신하지만, 소용없다
물론 나는 결코 알지 못할 것이다.

사다리가 너무 무거워서 들 수 없고, 걸상들도
나에게 필요한 만큼 크지 않다.
나는 희망을 버렸는데, 그 욕구를
달성하지 못하면 죽을 것 같다.

그런 종류의 모험이나 일에
적합할 것 같아서, 막 시작하려다가
말았는데, 그 이유가 고작
키가 작기 때문이라니, 좀 슬프다.

외톨이

Solitaire

밤이 도시의 거리를 따라서 표류하다가
울퉁불퉁한 지붕들 사이로 새어들 때면
내 마음이 살짝살짝 엿보기 시작한다.
오래된, 푸릇한 중국 정원에서 공놀이를 하다가
이교도 사원에서 공들여 만든 주사위-컵을 흔든다
울퉁불퉁 홈이 파인 새하얀 기둥들에 에워싸여서.
자주색 노란색 크로커스를 마음 머리에 꽂고 춤추며
흠뻑 젖은 풀밭을 배회하는 마음 발이 반짝거린다.
나의 마음이 어찌나 가뿐하고 깔깔거리는지
착한 사람들이 저마다 침실의 촛불을 다 꺼서
도시가 고요할 때면!

창꼬치
The Pike

갈색의 물속에서,

햇살에 젖은 어스레한 은-빛깔,

갈대숲 그늘에 잠긴 희미한 물빛의

창꼬치 한 마리가 졸고 있었다.

갈대 줄기들의 그림자 속에 숨어

눈에 띄지 않게 누워 있었다.

갑자기 꼬리를 털더니,

녹황색의 밝은 물체가

물밑에서 잽싸게 나아갔다.

그 갈대숲 밑에서

올리브-녹색 빛깔이 가물거리다가,

오렌지 빛깔이 번쩍하며

햇살에-강렬한 물을 헤치고 솟구쳤다.

그렇게 물고기가 연못을 가로질러 갔다,

녹황색의,

어둑어둑 어른어른하는 물체,

이윽고 맞은편 둑에서 자란 버드나무들의 흐릿한 반

영들이

물고기를 품었다.

바람과 은빛

Wind and Silver

커다랗게 빛나는

가을 달이 엷은 하늘에서 떠간다.

달이 지나가는 순간에

물고기-연못들이 저마다 등을 흔들며 용 비늘을 번

득인다.

밤 구름

Night Clouds

달의 하얀 암말들이 하늘을 따라 쇄도하며
금 발굽으로 유리 천국을 짓밟는다.
달의 하얀 암말들이 일제히 뒷다리로 서서
먼 천국의 녹색 자기磁器 문들을 긁어댄다.
날아라, 암말들아!
최선을 다해라,
별들의 우윳빛 가루를 흩뿌려라,
그러지 않으면 호랑이 태양이 너희에게 달려들어
주홍색 혀로 쓱 핥아 단번에 너희를 파멸시키리라.

빨간 슬리퍼*

Red Slippers

가게-진열창 안에는 빨간 슬리퍼, 그리고 바깥 거리에는 회색 돌풍, 바람에 날리는 진눈깨비!

잘 닦인 유리 뒤에, 슬리퍼들이, 마치 핏방울 무늬의 종유석처럼 천장에서 늘어진, 기다란 붉은 실들에 매달린 채, 뚝뚝 듣는 핏빛으로 행인들의 눈을 가득 채우며, 택시와 시가전차 창문들에 진홍색 반영들을 꾸역꾸역 밀어 넣고, 소리소리 지르며 암적색과 연어 빛깔을 진눈깨비의 이빨 속으로 쑤셔 넣고, 작고 둥그스름한 적갈색 빛 방울들을 우산들 위에 통통 떨어뜨린다.

죽 늘어서서 하얗게 반짝이는 가게 정면들이 깊숙하게 갈라져서 피를 흘리고 있다, 빨간 슬리퍼들이 피를 흘린다. 슬리퍼들이, 부드럽게 동요하는 전기 불빛을 받아서, 뜨거운 빗방울을 분출하고 — 다시 빨간 슬리퍼들로 얼어붙어, 진열창 거울 속에서 무수히 늘어난다.

마치 진홍색으로 옻칠한 출렁다리 같은 아치형 발등 위에서 균형을 잡는 슬리퍼. 마치 바람-주머니에 빨려 들어가 빙빙 도는 풍금조 같은 곡선의 굽을 타고 들떠

오르는 슬리퍼. 빨간 로켓에, 마치 7월의 연못들처럼, 굽을 잃고, 평평해져서, 빨갛게 빛나며 번들거리는 슬리퍼.

딸가닥, 딸가닥, 슬리퍼들은 하얀색의, 단조로운 상점가 가게들 안에 있는 다홍색의 멋들어진 불꽃들이다.

슬리퍼들이 쩌렁쩌렁 수십억의 주홍색 트럼펫 소리를 바깥의 군중 속으로 왈칵 쏟아내어, 아련한 장미 소리가 인도 곳곳에 메아리친다.

사람들이 서둘러 지나간다, 이것들은 그냥 신발일 뿐이고, 더 아래로 내려가면, 한 진열창 안에서 판지로 만든 커다란 연꽃 봉오리의 꽃잎들이 몇 분 간격으로 활짝 피어나, 그 꽃 의자 속에 어색하게 앉아서, 말똥말똥 쳐다보는 구슬 눈과 아마 빛깔 머리칼의 밀랍 인형을 보여주기 때문이다.

신발이야 자주 보았겠지만, 누군들 판지 연꽃 봉오리를 보았으랴?

회색 돌풍, 바람에 날리는 진눈깨비가 오로지 빨간 슬리퍼들밖에 없는 가게-창문들을 두드린다.

---

* 연작시 「다색의 도시(Town in Colors)」 중 1편.

런던의 한 대로. 새벽 2시.

A London Thoroughfare. 2 A.M.

사람들이 거리에 물을 뿌렸다

거리가 숱한 전등, 차갑고 하얀

전등들의 난한 빛으로 반짝거리며

은색 검은색 줄무늬의

느릿하게 흐르는 강물처럼 놓여 있다

택시들이 거리를 따라 내려간다

한 대

그리고 또 한 대.

그사이에 지척거리는 발소리가 들린다.

부랑자들은 창턱에 앉아서 졸고

밤에 나다니는 이들이 인도 따라 지나간다.

도시가 불결하고 불길하다

그 한복판에 있는 은색 줄무늬의 거리,

느릿하게 흘러

아무도 모르는 곳으로 나아가는 강물 같다.

나의 창문 맞은편에서

달이 나타난다

밝게 둥글게,
자두 빛깔의 밤을 가른다.
달은 도시를 밝힐 수 없다
도시가 너무 밝기에.
도시에 하얀 전등들이 있어서
차갑게 반짝거리기에.

나는 창가에 서서 달을 바라본다.
달은 흐릿하고 윤기마저 없지만
나는 달을 사랑한다.
나는 달을 잘 알고,
이곳은 이국의 도시다.

택시
The Taxi

내가 너에게서 멀어질 때

세상은 활기 없이 두근거린다

마치 느슨해진 북처럼.

나는 돌출된 별들을 등진 너를 소리쳐 부르고

바람의 능선에 대고 소리친다.

거리들이 빠르게 다가와서

하나둘씩

나에게서 너를 밀어제치고

도시의 등불들이 내 눈을 콕콕 찔러서

더 이상 너의 얼굴을 볼 수 없게 만든다.

왜 내가 너를 두고 떠나,

밤의 날카로운 가장자리들에 내 몸을 다쳐야 하지?

우중충한 일출

Overcast Sunrise

하늘에 구름이, 분홍색 구름이

흩뿌려져 있고,

그 뒤에 새벽의 주저하는 파란 빛이 숨어 있다.

독미나리-나무들이 지친 바람에 흔들리고,

구름이 밝은 빛깔을 잃고,

모여들며 칙칙한 날이 밝는다.

아침을, 당신들은 주시한다 —

그러나 내 생각 속에서는 밤이 더 빛나고 있었다.

오 현실적인 세대여,

구름이 여전히 분홍색일 때는 나가보지도 않고

하늘이 얼마나 많은 색깔을 띠게 될지에만 관심을

두는 이들이여!

지중해[*]

The Mediterranean

샐비어꽃의 끄트머리처럼 파란, 하늘의 뒤집힌 컵이 바다 위에 아치를 그린다. 그 하늘을 맞이하려고, 눈부신 빛깔의 평평한 띠처럼, 바다가 솟아오른다. 하늘에는 구름 한 점 없지만, 바다는 분홍색과 하얀색 빛 그림자들로 얼룩덜룩하고, 은빛 섬광들이 파도들의 마루를 타고 남실거린다.

무언가가 수평선을 따라 나아간다. 은빛 감도는 파란 하늘의 가장자리를 부풀리는 한 줄기 바람인가? 구름이다! 구름! 지평선을 따라 행진하는 거대한 소나기구름들! 아니, 저런! 돛들을 비추는 햇살! 잠긴 선체에, 층층의 돛들만 보이는 아득한 배들. 바다의 파란 띠 밑으로 속속 가라앉는 아름다운 풍선 같은 소나기구름들.

---

* 연작시 「바다처럼 파랗고 피처럼 붉은(Sea-Blue and Blood-Red)」의 첫 번째 시.

비단에 그리는 화가

The Painter on Silk

비단에
장미를 그려서
먹고사는
남자가 있었다.

그는 윗방에 앉아
그림을 그렸고,
거리의 소음은
그에게는 아무 의미가 없었다.

나팔 소리, 젓대 소리, 북소리가 들릴 때도,
그는 햇살 속에서 활짝 피어나는 빨갛고 노랗고 하얀
장미들을 생각했고,
작업하며 웃음 지었다.

그는 오로지 장미와
비단만 생각했다.
비단을 구할 수 없을 때면

그는 그리기를 멈추고
오로지 장미만
생각했다.

정복자들이 도시에
들어온 날에,
그 늙은 남자는
누워서 죽어갔다.
그는 나팔 소리와 북소리를 들으며
활짝 피어나서 소리로 변하는
장미를 그려보고 싶었다.

배역선정 실패 1

Miscast I

마치 다마스쿠스의 칼날처럼 될 때까지 나의 뇌를 갈고 갈았어요

행인들의 나풀거리는 가두리장식을 잘라버릴 정도로 아주 예리하게요,

혹시 날아가다가 뒤틀리면

공기가 날 끝을 틀어버릴 만큼 아주 날카롭게요.

날름거리는 열정들이 덥석 물어서 날에 아라베스크 무늬를 넣었고,

그 자국이 안과 밖에 새겨져 있는데,

벌레-처럼,

부식된 구리가 하얀 강철에 무늬를 남긴 듯이 아름답죠.

나의 뇌는 언월도처럼 휘어 있어서

그것으로 벨 때면 마치 풀을 베는

낫처럼 탄식하죠.

그러나 이런 게 다 나한테 무슨 소용이겠어요!

나는, 시골길에서

돌멩이나 쪼개야 할 역할인데!

배역선정 실패 2

Miscast II

내 가슴이 갈라진 석류처럼

진홍색 씨앗들을 피처럼

뚝뚝 땅에 떨구고 있어요.

내 가슴이 무르익고 너무 가득 차서 쩍 벌어졌어요

그 씨앗들이 가슴에서 터져 나오고 있어요.

하지만 이 지경인데 어찌 내가 고통스럽지 않겠어요!

내가 어두운 찬장 속의 부서진 그릇에

갇혀 있는데요!

유랑하는 곰
The Traveling Bear

풀-날들이 자갈들을 밀치고 나와서
납작한 면들로 햇살을 붙잡아
금빛 에메랄드빛을
행인들의 눈 속으로
되쏘고 있다.

그리고 그 자갈밭에서
네모난 발의 육중한
조련된 곰이 춤을 춘다.
돌멩이들이 곰의 발을 베고
코에 꿰인 고리가
곰을 상처 내지만,
곰은 계속 춤을 춘다
사육자가 날카로운 막대기로 곰을 콕콕 찔러서
살가죽을 파고들기에.

금방 모여든 사람들이 입을 떡 벌린 채 킥킥거리고
소년들과 젊은 여인들이 춤추는 곰의 박자에 맞춰

발을 질질 끈다.

그들이 에메랄드빛 금빛 가루들에
쏘여서 뒤뚱거리는 곰을 보며
아주 즐거워한다.

곰의 다리는 지쳐서 바들거리고
등도 쑤시는데
반짝이는 풀-날들마저 눈부셔서 곰을 어지럽게 한다.
그런데도 곰은 계속 춤을 춘다
그 작고 뾰쪽한 막대기 때문에.

꽃잎
Petals

인생은 우리의 마음 꽃을

한 잎 두 잎 흩뿌린

냇물 같다.

꿈속에서 목표를 잃은 채,

그 잎들은 우리의 시야를 지나 둥둥 떠가고,

우리는 그 잎들의 기쁘고, 이른 시작을 지켜볼 따름

이다.

희망에 차서,

기쁨에 붉어져서,

우리는 피어나는 우리의 장미 꽃잎들을 흩뿌린다.

그 꽃잎들이 얼마나 펼쳐질지,

그 꽃잎들이 어떻게 쓰일지,

우리는 결코 알지 못하리라. 그새 냇물이 흘러가며

꽃잎들을 휩쓸어간다,

모두가 사라져서

하염없이 무한의 길로 들어가 버린다.

우리 홀로 머물러 있는 사이에

세월은 서둘러 지나간다,

향기는 아직 남아 있지만, 꽃은 떠나고 없다.

가을과 죽음
Autumn and Death

가을과 죽음, 이 자매들은 수줍은 체하는데,

둘 다 기다린다는 것이 어떤 의미인지를 배웠다.

그들의 조심스러운 숨결에 이파리 하나 흔들리지 않

는다,

기어오르는 메꽃의

깃털처럼 가벼운 작은 꽃잎들도

거의 떨리지 않는다.

가을이 정원-길을 따라 나아가는 소리를

누가 들으랴? 귀리-단 위로 내민 가을의 머리를

누가 알아차리랴? 갈색으로 변한

물푸레나무 이파리와 붉게 물든 단풍나무-이파리 —

그러나 갓 피어난 장미가

이런 잎들의 변화에 눈을 감게 만든다,

그 나무들은 대개 녹색으로 싸여 있기에.

그러면 발에 은색-슬리퍼를 신은 죽음,

그녀가 정원-의자를 지나가는 소리는 들리는가?

그녀의 차가운 손은 은근한 열을 발산한다,

그것뿐인데, 그녀의 머리카락 그림자가

희한하게도 곱다.

그녀가 말을 할까? 그런들, 듣지 못했을 것이다.

죽음의 속삭임은 한마디 말도 없기에.

폭격
The Bombardment

느릿느릿, 힘없이, 비가 방울방울 도시에 내린다. 비가 성 요한의 조각 두상에 잠시 머물렀다가, 다시 미끄러진다, 미끄러져서 그의 돌 외투에 똑똑 떨어진다. 비가 이무깃돌*의 납 도관에서 절벅절벅 튀겨 나와, 대성당 광장의 바닥 돌들에 소란하게 떨어진다. 사람들은 어디에 있나, 웬 번개무늬 뾰족탑이 하늘에서 획획 지나다니나? 꽝! 그 소리가 비를 겨누어 친다. 다시, 꽝! 그 후에는, 낙수 홈통으로 쇄도하는 물소리와 이무깃돌의 주둥이에서 나오는 소란한 물소리뿐. 정적. 잔물결이 속닥거리는 소리. 꽝!

방은 축축하지만, 따뜻하다. 난로 불빛에서 작은 섬광들이 떼지어 몰려든다. 샹들리에가 번지르르 빛나고, 루비 송이들이 장식선반에 놓여 있는 보헤미아 유리잔들로 뛰어든다. 그녀의 두 손은 안절부절못하지만, 숱많은 하얀 머리칼은 아주 조용하다. 꽝! 쉼 없이 괴롭힐

---

* "이무깃돌(석누조)"는 고딕건축에서 볼 수 있는 이무기 머리 모양의 낙숫물받이.

113

모양이군, 이렇게 반복하는 꼴을 보니! 꽝! 진동에 장식
선반에 놓여 있던 유리잔 하나가 박살 난다. 그 잔이 모
양 없이 널브러져 반짝반짝, 무늬를 잃고서 온통 심홍
색의 미광을 발했다, 흐르는 듯이 붉은, 피처럼 붉은색
을 흩뿌렸다. 가느다란 종-소리가 정적을 꿰찌른다. 한
문이 삐걱거린다. 노부인이 말한다. "빅터, 저 깨진 잔
좀 치우게!" "아아! 마님, 저 보헤미아 유리잔이요!" "그
래, 빅터, 100년 전에 나의 아버님이 사 오셨지 —" 꽝!
방이 흔들린다, 종복이 바들거린다. 또 다른 술잔이 와
들와들 떨다가 부서진다. 꽝!

보들보들, 흘러내리는 비가 창유리를 치며 와삭거리
고, 그는 부딪혀서 속닥거리는 그 빗소리에 갇혀 있다.
안에 있는 것은 그의 촛불, 그의 의자, 그의 잉크, 그의
펜과 그의 꿈들. 그는 생각에 잠겨 있고, 햇살들이 벽
들을 뚫고서 연녹색 이파리로 스르르 들어간다. 분수
가 푸른 하늘로 물을 뿜어 올리고, 수반에 후두두 떨어
지는 물 사이로 차가운 나뭇잎들을 헤치며 느릿느릿 떠
가는 구릿빛 잉어가 눈에 들어온다. 삼나무에 깃든 풍
금이 구슬프게 속삭이자, 단어들이 그의 뇌 속으로 날
아들어, 보글거리더니, 무지갯빛의 불꽃들처럼, 점점 높
이 급등한다. 꽝! 화염-불꽃들이 그 꽃들의 가느다란

줄기들을 덥석 문다. 분수가 흩어진 물을, 띄엄띄엄 이어진 긴 창처럼 밀어 올렸다가 땅에 내팽개쳐서 퍼뜨린다. 꽝! 이윽고 남은 것은 오로지 그 방, 그 의자, 그 초와 미끄러지는 비뿐. 다시, 꽝! — 꽝! — 꽝! 그가 손가락으로 귀를 틀어막는다. 그가 시체들을 보고는, 깜짝 놀라서 비명을 지른다. 꽝! 밤이 오니, 저들이 다시 도시를 폭격하고 있다! 꽝! 꽝!

한 아이가 깨어나 겁을 집어먹고, 어둠 속에서 운다. 무엇이 침대를 흔들었지? "엄마, 어디에 있어요? 나 깨어났어요." "쉿, 아가, 나 여기 있다." "근데 엄마, 아주 이상한 일이 일어났어요, 방이 흔들렸어요." 꽝! "오! 저게 무슨 소리죠? 무슨 일이에요?" 꽝! "아빠는 어디 계세요? 저 너무 무서워요." 꽝! 아이가 흐느끼며 비명을 지른다. 집이 흔들흔들 삐걱거린다. 꽝!

증류기들, 어항들, 관과 유리병들이 산산이 부서져 널브러져 있다. 그의 모든 실험 도구들이 마루 곳곳에서 줄줄 새고 있다. 그가 외로이, 절박하게, 일말의 희망을 품고 선택했던 삶이 다 사라져 버렸다. 파괴된 실험실의 지친 남자, 그것이 그의 이야기였다. 꽝! 어둠과 무지, 그리고 취한 짐승들의 장난. 뱀처럼 대지를 기어다니다가, 끈적끈적한 꼬리만 남겨두는 질병들. 그것들의 사체를 파묻는 사람들의 통곡. 창밖을 보니 흔들거리는 뾰족탑이 눈에 들어온다. 불붙은 포탄 하나가 지붕 납 판자에 떨어져, 치솟는 불꽃에 하늘이 산산이 조각난다. 조각물들이 지그재그로 들락날락하는 석조 레이스 장식 뒤의 첨탑 위로, 불길이 용솟음친다. 그 불길이 이무깃돌에서 노란 밀처럼 분출해서, 성 요한의 머리를 똘똘 휘감아, 그에게 원광을 씌운다. 그 불빛이 밤으로 뛰어들다가 비에 부딪혀 쉿쉿거린다. 대성당이 마치 하얗게 젖은 밤에 불타는 물감 같다.

꽝! 대성당이 마치 횃불인 양, 바로 옆의 집들이 불타기 시작한다. 꽝! 장식선반에는 보헤미아 유리잔이 더 이상 남아 있지 않다. 꽝! 한줄기 불길이 붉은 능직 커튼에 들러붙어 요동친다. 노부인은 걷지를 못한다. 그녀가 살며시 다가오는 불줄기를 바라보며 숫자를 센다. 꽝! — 꽝! — 꽝!

시인이 거리로 뛰어들자, 비가 은빛의 얇은 막으로 그의 몸을 감싼다. 그러나 그것은 금실에 진홍색 구슬들이 흩뿌려진 빗줄기. 도시가 불탄다. 전율하며, 꽂고, 찌르고, 휘감아, 흐르면서, 불길이 내달린다. 지붕들과 가게들과 노점들을 타고 넘는다. 그 금빛 물감으로 하늘을 문질러대면서 불이 춤춘다, 불-창으로 문들을 꿰뚫고 들어가서, 마루들을 할퀴며 식식대고 낄낄거린다.

아이가 다시 깨어나 창가에서 나풀거리는 그 노란 꽃잎의 꽃을 보고 비명을 지른다. 불꽃의 자그마한 붉은 입술들이 천장 들보를 따라 기어간다.

노인이 부스러진 실험 도구들 사이에 앉아서 불타는 대성당을 바라본다. 거리로 사람들이 몰려들고 있다. 그들이 은신처를 찾아서 지하실들로 우르르 몰려 들어간다. 그들이 소리치고 아무개를 부르고, 온 누리에 느릿느릿 힘없이, 비가 방울방울 도시로 내린다. 쾅! 다시, 쾅! 빗물이 낙수 홈통들을 따라서 쇄도한다. 불길이 으르렁대다가 속닥속닥. 쾅!

디너파티
The Dinner Party

붕
Fish

"그렇다 치고…" 그들이 말했다.

각자의 포도주-잔을 우아하게 잡고서

그들이 이해할 수 없는 무언가를 조롱하였다.

"그렇다 치고…" 그들이 다시 말했다.

재미난 듯 거드럭거렸다.

은그릇이 탁자 위에서 반짝거렸고

유리잔에 담긴 붉은 포도주가

마치 바보 같은 이유로

내가 허비한 피처럼 보였다.

격투

Game

희끗희끗 거뭇거뭇한 콧수염의 신사가

자기 메추라기를 놓고서 맥없이 코웃음 쳤다.

순간 내 심장이 솟구쳐서 고투하다가,

내 몫의 고기를 쥐다 말고 벌떡 일어나

내 몸을 앞으로 내던졌다.

나는 그자에게 스트레이트를 날렸다

맹렬하게, 붉게 달아오른 분노로, 그자를 찔렀다.

그러나 내 무기가 그자의 번들거리는 안면을 스르르

빗겨나가자,

나는 스스로 단념하고

헐떡거렸다.

거실

Drawing-Room

아주 부드러운 하프톤의 드레스 차림으로

거만하게 눕다시피,

그녀가 소파에 기대어 있었다

난로 불빛이 그녀의 보석들에 반영되어 있었다.

그러나 그녀의 눈은 아무런 반성도 없이

잿빛의 연기 속에서 헤엄쳤다

타는 재에서 피어나는 연기,

재로 변해 버린 그녀 심장의 연기 속에서.

커피

Coffee

다들 각자의 커피잔을 들고 둥글게 앉았다.
누구는 설탕 한 덩어리를 떨어뜨렸고
누구는 수저로 저었다.
그들을 보고 있자니 유령들이 둥글게 모여
아름다운 중국산의 암흑을 홀짝거리며
살아 있는 나의 조악함에 가볍게
항의하고 있는 것 같았다.

대화

Talk

그들이 죽은 사람들의 영혼을 데려와서

각자의 가슴에 장식물로 꽂았다.

그들의 커프스-단추와 티아라는

한 무덤에서 파낸 보석들이었다.

그들은 발굴된 생각들에 빌붙어 사는 송장 먹는 귀

신들이었다.

그래서 나는 한 하인에게 녹색의 독주 한 잔을 달라

고 주문했다

그가 나에게 다가와서

내게 생명체의 위로를 건네줄까 싶어서.

열한 시
Eleven O'Clock

현관문은 단단하고 묵직했다
그 문이 내 뒤에 남은 유령들의 집으로 닫혔다.
나는 포도에서 발밑이 딱딱한지
느껴보려고 두 발을 굴렀다.
손으로 난간을 만져 보고
흔들어 보고
그 뾰족한 쇠살들을
내 손바닥에 눌러 보았다.
아프니까 안심이 되어,
그 짓을 거듭거듭 했더니
손바닥에 상처를 입었다.
밤중에 잠에서 깨었는데
손바닥이 쑤시는 것을 알고는 웃음이 나왔다
오직 살아 있는 살만이 상처를 입을 수 있기에.

현대적 주제에 관한 스물네 편의 하이쿠*

Twenty-Four Hokku On A Modern Theme

1

다시 미나리아재비,

내 정원의 하늘색 파란 꽃.

그것들은, 적어도, 변하지 않았다.

2

왜 내가 너를 아프게 했을까?

너는 창백한 눈으로 나를 보지만,

이것이 나의 눈물인데.

---

* "하이쿠(배구)"는 5·7·5의 3구 17자로 이루어진 일본 특유의 단시로, 특정한 달이나 계절의 자연에 대한 시인의 인상을 묘사하는 서정시.

3

아침과 저녁 —
하지만 우리도 오래전 언젠가는
갈라지지 않았는데.

4

나는 많은 말을 듣는다.
내가 와도 좋은 시간을 정하든가
아니면 조용히 있으시오.

5

유령 같은 새벽에
나는 당신의 귀에 들려줄 새 말들을 쓴다 —
지금도 당신은 잠을 자지만.

6

이제야 마침내 아침이다.
차가운 색깔의 꽃들 너희도 나에게
아무 위안이 안 되는가?

7

나의 눈이 피곤하다
어디든 너희를 따라다니느라.
짧은, 오 짧은 날들이여!

8

꽃이 떨어지면
잎은 더 이상 소중하지 않다.
매일 나는 두렵다.

9

당신이 미소할 때조차
슬픔이 당신의 눈 뒤에 숨어 있구려.
그러니 나를 가여워해 주오.

10

웃으시오 ― 아무것도 아니니.
남들에게 당신은 즐거워 보일 수 있겠지,
나는 슬픔에 겨운 눈으로 바라볼 뿐.

11

이 하얀 장미를 받으시오.
장미 줄기는 피를 흘리지 않으니,
당신의 손가락은 안전하오.

12

강-바람이
구름을 팽개치고 밝은 달을 보듯,
나도 당신에게 그렇소.

13

붓꽃을 바라보니,
희미하고 연한 꽃잎들 —
나는 얼마나 가치가 있을까?

14

붉은 강을 따라서
나는 부서진 보트를 타고 떠내려가오.
그래 당신도 그렇게 용감하오?

15

밤이 내 곁에 누워 있다
날카로운 칼처럼 정결하고 차갑게.
그 밤과 나뿐이다.

16

간밤에 비가 왔다.
지금은, 쓸쓸한 새벽인데
푸른 어치들의 울음소리.

17

슬퍼할 만큼 어리석게,
가을이 색색의 잎들을 걸쳤다 —
그러나 그리 변하기 전에는?

18

그 후에 나는 생각한다 :
천둥이 칠 때면 양귀비가 핀다.
이걸로 충분하지 않나?

19

사랑은 놀이다 — 맞나?
나는 그게 흠뻑 젖은 모습을 상상한다.
거뭇한 버드나무와 별들.

20

과꽃이 시들해질 때면
나무발바리*가 진홍색 깃털을 뽐낸다.
언제나 그렇다!

---

* 갈색 바탕의 등에 황갈색 무늬가 있는 10cm 안팎의 작은 새로, 잽싼 동
작으로 나무줄기를 기어오르며 곤충이나 거미를 잡아먹는다.

21

밤새 연구하느라
어지러워서 책에서 눈을 돌리니
아침 까마귀 소리가 들린다.

22

구름 같은 백합들인가,
아니면 당신이 내 앞에서 걷는가.
누가 분명하게 볼 수 있으랴?

23

저녁의 정원에 물씬 풍기는
젖은 꽃들의 달콤한 내음.
혹시, 당신의 초상화인가?

24

내 방 안에 머물며,

나는 그 새봄의 이파리들을 생각했다.

그날은 행복했다.

래커* 판화
LACQUER PRINTS

---

* "래커"는 섬유소나 합성수지 용액에 수지, 가소제, 안료 등을 섞은 도료
로, 쉽게 마르고 오래간다.

거리

Streets

도시의 808거리를 이리저리 돌아다니다가

파란 집들의 여인들을 보았는데

그렇게 아름다울 수가 없었다

금사로 지은 허리띠에

기다란 소맷자락의 드레스,

나뭇결처럼 물든 모습.

그 여인들이 걸어가는데,

겉옷 가두리들이 훨훨 나부끼며

핏빛 안감들이 붉게 타오른다, 마치 가을의 예리한

이빨 같은

단풍잎들처럼.

교토 근처

Near Kioto

아리와라노 나리히라* 다리를 건널 때,

둥둥 떠가는 단풍잎들에

보라색으로 물든 강물을 보았다.

---

* "아리와라노 나리히라(在原業平, 825~880)"는 일본 헤이안시대의 귀족
이자 시인.

쓸쓸함

Desolation

자두나무-꽃그늘에 나이팅게일들,

그러나 바다가 알처럼 하얀 안개 속에 숨어 있어서

새들이 조용하다.

햇빛

Sunshine

연못에 붓꽃의 칼날-같은 꽃잎들이 에둘러 있다.

그 잔잔한 물에 돌멩이를 던지면

물이 갑자기 굳어져서

빙글빙글 날카로운

금선 고리들로 변하리.

환영

Illusion

모란꽃밭을 지나가다가
딱정벌레 한 마리를 보았다
검은 옻칠에 우유 반점이 점점이 찍힌 날개들.
벌레를 잡으려고 했지만
내게서 잽싸게 달아나서
돌 연꽃 밑에 숨어버렸다
부처상을 떠받치는 돌꽃 밑에.

또 한 해가 간다
A Year Passes

유원지의 도자기 울타리 저편,

청록색의 논들에서 우는 개구리 소리를 듣는데,

검-모양의 달이

내 가슴을 두 조각 내버렸다.

연인

A Lover

내가 반딧불의 녹색 등을 붙잡을 수 있다면

당신에게 편지라도 쓸 수 있으련만.

남편에게

To a Husband

여보, 어둠 속에서 당신이 하는 말들이
우지강*의 반딧불들보다도 밝아요.

---

* 교토에 있는 강.

어부의 아내

The Fisherman's Wife

나 홀로 있으면

소나무 숲에 부는 바람 소리가

마치 어떤 배의 나무 옆구리에

쓸려가는 파도 소리 같아요.

중국에서
From China

나는 생각했다 : ―

달이

내 앞 궁전의 숱한 계단들을 비추며,

내 고국의

바둑판무늬 논들도 비추고 있겠지.

이내 눈물이 떨어졌다

하얀 쌀 알갱이들처럼

나의 발치에.

연못

The Pond

차갑게 젖은 잎들이

이끼 색깔의 물에 떠다니고,

개굴개굴 개구리 소리 —

황혼의 종소리에 우두둑 금을 냈다.

가을

Autumn

하루 종일토록 물속으로 떨어지는 자줏빛
덩굴-이파리들을 바라보았다.
지금도 달빛 속에서 고요히 떨어지는데,
잎마다 은빛 술이 달려 있다.

덧없음

Ephemera

은-녹색 등불들이 바람 찬 나뭇가지들 사이로 흔들
리는 모습에
  한 노인이 젊은 날의
  연인들을 떠올린다.

문서

Document

위대한 화가 호쿠사이*가

노년에

이런 글을 썼다:

　"평온한 올해에 접어들어

　아름다운 봄날 덕을 보며

　햇볕에 몸을 녹이는데,

　출판사에서 사람이 찾아와서 나에게

　자기를 위해 뭐 좀 해달라고 부탁했다.

　그때 나는 생각했다, 특히 평화롭게 살 때

　사람은 무력武力의 영광을 잊지 않아야 한다.

　그래서 일흔이 넘은

　나의 나이에도 불구하고,

　나는 그동안 영광의 본보기였던

　저 고대 영웅들을 그릴 용기를 얻었다."

＊　가츠시카 호쿠사이(葛飾 北齋, 1760~1849)를 말한다. 그는 일본 에도시대의 우키요에(서민 계층을 기반으로 발달한 풍속화) 화가로, 3만 장 이상의 판화를 남겼으며, 모네, 르누아르, 고흐 같은 인상파의 색채에 영향을 주었다. 대표작《후가쿠 36경》중 〈가나가와 해변의 높은 파도 아래〉가 익히 알려져 있다.

황제의 정원

The Emperor's Garden

옛날, 한여름의 찌는 듯한 더위 속에서
한 황제가 자신의 정원에 세운 작은 산들에
하얀 비단을 덮게 하였다
그렇게 씌우면
그 산들이 반짝이는 눈꽃처럼
그의 눈을 시원하게 해줄까 싶어서.

호쿠사이의 "후지산 백경" 중 일경

One of the "Hundred Views of Fuji" by Hokusai

목이 말라서

컵에 물을 채웠다.

그런데 보라! 후지산이 그 물 위에 떠 있었다

마치 낙엽처럼!

각성

Disillusion

한 학자가

말들의 덧없는 탑들을 세우다가 지쳐서

아사마산*으로 순례 여행을 떠났다.

그리하여 이 거대한 산에서 뿜어내는

불길의 위력을 보고는

분화구 속으로 몸을 던져

사멸하였다.

★ "아사마산(浅間山, あさまやま)"은 일본에 있는 해발 2,542m의 활화산
으로, 최근(2009년)에도 폭발하였다.

종이 물고기

Paper Fishes

종이 잉어가

긴 대나무 막대 끄트머리에서

바람을 입으로 낚아 먹고

꼬리로 토해낸다.

인간도 그렇게

영구히 바람을 삼키고 있다.

명상
Meditation

한 현자가

하늘을 가로질러 가는 별들을 바라보다가

말했다.

높은 하늘에서 반딧불들이 한결 느긋이 나아가는구나.

마쓰에의 동백나무

The Camellia Tree of Matsue

마쓰에*에

아주 아름다운 동백나무 한 그루가 있었는데

그 꽃들이 밀초처럼 하얬고

곱다란 산호의 분홍빛 줄무늬로 얼룩덜룩했다.

하늘에

달이 떠오른 밤이면

그 동백나무는 자기 자리를 벗어나

담 문을 지나서

자신의 뿌리들을 바스락거리는

비단 옷자락처럼 끌며

정원을 오르락내리락하곤 했다.

집 안에 있던 사람들이

그 뿌리들에 긁히는 자갈 소리를 듣고는

정원을 살펴보다가,

꽃들을 곤두세우고 쇼지**에

---

* "마쓰에"는 일본 혼슈(本州) 시마네현(島根縣)의 도시.

** "쇼지(障子)"는 일본 건축에서 외부와 방을 칸막이하는 미닫이문이나
미닫이 창문으로, 한옥의 '장지'에 해당한다. 격자 세공한 나무틀로 만
들어지며 하얀색의 질긴 반투명 창호지를 바른다.

바짝 다가서서 들여다보고 있는

그 나무를 보았다.

여러 날 밤이나 그 나무가 정원을 돌아다니는 바람에

여자들과 아이들이

무서워하자,

그 집의 주인이

나무를 베어버리라고 명했다.

그런데 정원사가 도끼를 가져와서

나무의 몸통을 치자

거기에서 검은 핏줄기가 분출하였고,

그루터기를 찢어 내자

버티던 뿌리가 벌어진 상처처럼 부르르 떨었다.

에이미 로웰의 삶과 문학

Amy Lowell, 1874.2.9~1925.5.12

1925년의 『타임(*TIME*)』 표지에 실린 에이미 로웰

에이미 로웰은 '보스턴 상류층'으로 불리는 로웰 가문 출신으로 미국 매사추세츠주의 브루클린에서 태어났다. 그녀의 큰오빠 퍼시벌 로웰은 유명한 천문학자였고 작은오빠 애벗 로렌스 로웰은 하버드대학교의 총장이었다. 그러나 에이미 로웰은 '여자가 배워서 뭐 하느냐'며 매우 보수적이었던 가족의 반대로 대학의 문턱도 밟아보지 못했다. 그 배움에의 갈증과 결핍을 엄청난 독서와 거의 집착에 가까운 책 수집으로 채웠다는 에이미 로웰 ─ 그녀가 레즈비언이었다는 사실은 어쩌면 그런 가족이나 사회의 편견에 대한 일종의 반항이자 도전이었는지도 모른다. 그녀는 재력가의 딸이자 사교계의 명사로 군림하면서 세계를 두루 여행했는데, 1902년 스물여덟의 나이에 유럽에서 이탈리아의 여배우 엘레오노라 두제의 공연을 보고 영감을 받아서 본격적으로 시를 쓰게 되었다.

1912년에 에이미 로웰은 그녀와 연인 사이였던 여배우 에이더 러셀과 영국을 여행하다가 미국 출신의 시인 에즈라 파운드를 만나고부터 이미지즘운동에 적극적으로 가담하게 된다. 이미지즘은 1910년대에 영국과 미국의 시인들에 의해 성행한 신시운동으로, 영국의 시인이자 비평가 토머스 흄의 시와 시론, 영국의 시인-번역가 프랭크 스튜어트 플린트의 시론에서 발아하여, 파운드와 로웰의 주도로 간행된 네 권의 이미지스트 시선집으로 현대 영미시의 새로운 길과 방향을 개척하고 제시한 문학운동이었다.

파운드는 플린트와 함께 1913년에 미국의 문예지 『시』 3월호에 「이미지스트의 몇 가지 금지사항」과 「이미지즘」이라는 제목의 논문을 싣고, 「이미지즘」에서 이미지스트들의 입장과 원칙을 다음과 같이 간단하게 천명한다.

1. 주관적이든 객관적이든, "사물"의 직접 처리.
2. 표현에 기여하지 않는 말은 절대 사용하지 말 것.
3. 리듬과 관련하여 : 박절기의 계기가 아니라, 악구樂句의 계기에 따라 지을 것.

그리하여 1914년에 파운드의 편집으로 최초의 『이미지스트 시선집Des Imagistes』이 세상에 나왔다. 그러나 서문이나 아무런 설명도 없이 11명의 시인과 37편의 시로 구성된 이 선집은 크게 주목받지 못했고 여러 권이 출판사에 반환되는 소동까지 벌어졌다. 이듬해에 파운드와 플린트 사이의 견해차로 알력이 생긴 데다, 파운드가 화가 윈덤 루이스와 소용돌이파를 설립하고 새로운 길을 모색하는 상황에서, 런던의 이미지스트 일파에 도움의 손길을 내민 시인이 에이미 로웰이었다.

로웰은 대단한 재력가의 딸로서 이미지스트들의 작품들을 세상에 알리는 데 자신의 돈을 아낌없이 투자하였다. 자연스럽게, 로웰이 파운드의 뒤를 이어 이미지즘운동의 기수로 나서게 되었고, 그녀의 열정과 헌신은 1915, 1916년과 1917년의 『이미지스트 선집*Some Imagist Poets*』 발간으로 이어졌다. 파운드는 그녀의 그런 열정과 헌신을 곡해해서 이미지즘을 에이미지즘^{Amygism}으로 고쳐 부르며 비아냥거렸다. 그러나 앞에서 소개한 일련의 과정과 내막을 떠나서, 로웰이 개입한 후에 출간된 세 선집의 작품들은, 편집자의 개인적인 취향, 친분이나 인연보다는,* 참여한 시인들 각자의 최고 작품들로 구성되었고, 따로 「서문」을 덧붙여 공동으로 참여한 여섯 시인Richard Aldington, H. D., John Gould Fletcher, F. S. Flint, D. H. Lawrence, Amy Lowell의 시에 대한 견해를 밝히고, 이미지스트로서의 주의와 주장들을 적극적으로 펼쳤다는 점에서, 파운드의 1914년 시선집보다 확실히 진일보한, 그야말로 '운동'의 성격이 훨씬 강했다.

1915년 『이미지스트 시인들』의 「서문」에서 밝힌 "공동 원칙들" 역시 파운드와 플린트의 그것들보다 훨씬 구체적이고 적극적이다.

1. 일상적인 언어를 사용하되, 거의-정확하거나, 단순히 장식적인 단어가 아니라, 항상 정확한 단어를 쓸 것.

2. 낡은 리듬을 모방해서, 낡은 기분을 단순히 흉내 내지 말고, 새로운 기분의 표현으로써, 새로운 리듬을 창안할 것. 우리가 시 쓰기

---

* 파운드의 선집에 작품이 실린 11명의 작가 중에서, 윌리엄 칼로스 윌리엄스(William Carlos Williams), 제임스 조이스(James Joyce), 포드 매독스 헤퍼(Ford Madox Hueffer, or Ford) 등이 이미지트스들과 무관하게 파운드와 영향을 주고받는 관계였다. 물론, 파운드가 시인들의 모임에 상관없이 '이미지스트 성향의 작품들'을 선집에 실었다고 하는 것이 옳은 평가겠으나, 당사자들에게는 '독단적으로' 비칠 여지가 많았다.

의 유일한 방식으로 '자유시'를 고집하는 것은 아니다. 자유의 원칙을 위해 싸우듯 자유시를 옹호할 뿐이다. 왕왕 시인의 개성이 전통적인 형식들보다는 자유시로 더 잘 표현될 수 있다고 믿는다. 시에서, 새로운 가락은 새로운 착상을 의미한다.

3. 주제의 선택에 있어서 절대적인 자유를 허용할 것. 비행기와 자동차에 대해 나쁘게 쓴다고 좋은 예술은 아니다. 과거에 대해 잘 쓴다고 반드시 나쁜 예술은 아니다. 우리는 현대적인 삶의 예술적 가치를 열정적으로 믿지만, 1911년의 비행기처럼 아주 시시하고 구식인 것도 없다고 지적하고 싶을 따름이다.

4. 이미지를 표현할 것. (그래서 명칭이 '이미지스트'다.) 우리는 화가 일파는 아니지만, 아무리 장엄하고 당당한 것이라도, 시는 세부를 정확하게 묘사해야지, 모호한 전체를 다뤄서는 안 된다고 믿는다. 이런 연유로, 우리는 자기 예술의 실재하는 난점들을 회피하는 것처럼 보이는 우주적 시인을 반대한다.

5. 흐릿하지도, 막연하지도 않은, 견고하고 분명한 시를 쓸 것.

6. 마지막으로, 우리 대다수는 집중이 바로 시의 본질이라고 믿는다.

그러나 시인들의 이런 노력에도 불구하고 제1차 세계대전의 와중에 전개된 이미지즘운동은 1917년의 선집을 끝으로 사실상 막을 내린다. 가령, 네 권의 선집에 가장 많은 작품을 실은 올딩턴이 대부분 전쟁터에 나가 있었던 데다, 그는 이미 성공한 유명 소설가였다. 올딩턴이 1930년에 그간의 이미지스트 선집들에 참여한 작가들의 글을 모아서 새로이 『이미지스트 선집』을 냈으나, 거기에는 이미지즘운동의 두 기수가 빠져 있었다. 파운드는 선집 참여를 거절하였고 로웰은 이미 저세상 사람이었다. 이런저런 연유로, 이미지즘운동은 그렇게 '운동'으로서의 수명을 다하고 말았으나, 낭만주의의 오랜 전통에서 벗어나 현대시의 형성과 발전에 크게 공헌했다는 점에서 문학사적으로 큰 의의를 지니며, 에이미 로웰이 그 중심에서 한 역할과 기여 역시 무시할 수 없을 것이다.

제1차 세계대전 전후로 이미지즘운동이 쇠퇴의 길로 접어들었듯이, 에이미 로웰 또한 그 후로 거의 잊히다시피 한 시인이 되었으나, 1970년대의 여성운동과 여성 연구에 힘입어 다시 빛을 보게 되었다. 로웰은 이미지스트들을 만나기 전에 출간한 첫 시집 『다색 유리의 둥근 지붕 *A Dome of Many-Coloured Glass*』1912을 비롯하여, 시집 『칼날과 양귀비 씨앗 *Sword Blades and Poppy Seed*』1914, 『캔 대공의 성 *Can Grande's Castle*』1918, 『부유하는 세계의 영상들 *Pictures of the Floating World*』1919, 『전설 *Legends*』1921을 냈다. 이태백 같은 중국 시인들의 시를 영어로 번역하였으며, 로웰 자신이 '최초의 이미지스트'로 규정하고 존경해 마지않았던 영국 낭만주의 시인 존 키츠의 생전 원고들과 문서들을 수집하여 1,300쪽에 달하는 전기 『존 키츠 *John Keats*』1925를 출간하기도 하였다. 그리고 사후에 출간된 시집 『몇 시에요 *What's O'clock*』1925로, 에이미 로웰은 1926년에 퓰리처상을 받았다.